マドンナメイト文庫

僕は彼女に犯されたい

上田 ながの

目次

contents

僕は彼女に犯されたい

第一章　満たされない僕

1

「高校合格おめでとう、静馬《しずま》。これで春からは同じ学校だね」

日焼けした肌に、ちょっと男の子っぽい話し方――いかにも活発そうな見た目の迫《さこ》水《みず》玲《れ》音《おん》が、茶色がかったポニーテールを揺らし、八重歯をのぞかせながら、伊達《だて》静馬に本当にうれしそうに笑いかけた。

「ありがとう、先輩」

静馬はそんな玲音――自分より一学年上の恋人に、同じように笑顔を返す。

玲音と同じ学校に通うために、今日までがんばってきたのだ。うれしいし、解放感が堪《たま》らなく心地よい。

「でも、本当に静馬、がんばったね。ウチの学校って、けっこうレベル高いじゃん。で、静馬の成績はそれに追いついてなかった。それなのにすっごく勉強して、ついに合格までしちゃうんだもん。それってさ、やっぱりその……へ、へへ……」

玲音は一度言葉を切り、どこか恥ずかしそうに笑う。

「どうしたんですか」

「いや……そのさ、えっと……あの……あ、あたしに対する、愛の力ってやつなのかなぁって……へっへへ」

茹《ゆ》で蛸《だこ》みたいに、玲音の顔は一瞬で真っ赤に染まった。

そんな姿に、静馬は思わず笑ってしまう。

「そんなに恥ずかしいなら、無理して言わなくてもいいんですよ」

「べつに恥ずかしくなんか……いや、やっぱり恥ずかしい。うん。すっごく恥ずかしいよ。でもさ、その……あたしたち、恋人どうしでしょ。だから、その……たまにはそれらしく、甘いやりとりくらいしたいなって思うのよ。まぁ、その結果、めっちゃ恥ずかしいことになっちゃったけど……やっぱり、あたしには似合わないよなぁ」

玲音はポリポリと鼻先をかいた。

「似合わないなんてことはないですよ。先輩のそういうところ、あんまり見られないから新鮮です。なんだかすっごく、かわいいですね」

まっすぐ玲音を見て、微笑《ほほえ》んでみせる。

すると玲音は、さらに顔を赤くしたうえで、

「えっと、それじゃあ、その……合格祝いをしてあげないといけないよね」

などと口にした。

「合格祝いですか？」

「うん。なにが欲しい。なんでもいいよ。いや、なんでもはきついな。あたしだってまだ、お小遣いもらってる身だし。その、常識的な範囲ならな」

「僕が欲しいもの……」

玲音の言葉にふむっと少し考えると、顔を上げ、少し上目遣いで玲音を見た。

「なにか決まった？」

「えっと……その……したいです」

問いに対し、一度深呼吸したうえでそう答える。

「え……したいって、なにを？」

「せ、先輩とエッチを……」

搾り出すように答えた。

一瞬室内に静寂がひろがる。玲音がゴクッと息を呑《の》むのがわかった。

「あ……ごめんなさい。すみません。やっぱり、その……ダメですよね。今のは忘れてください。ちょっとその、魔が差したっていうか。すみません」

慌てて謝罪する。

「本当に僕……その、変なことを言っちゃって……」

「……ううん、べつに変なことじゃないよ」

焦る静馬に対し、玲音は首を横に振った。

「先輩？」

そんな彼女を見る。

対する玲音は、ジッと静馬を見つめたうえで大きく息を吸った。そのうえで意を決したような表情を浮かべると、そのまま静馬に唇を重ねた。

「んっ」

やわらかくも温かな玲音の唇の感触が伝わってくる。いや、ただ唇を重ねるだけではない。口内に舌が挿《さ》しこまれた。舌に舌がからみつく。クチュクチュと口の中がかきまぜられた。

「んっふ……ふぅう……んっんっ……ふっちゅ、むちゅっ……んちゅぅ……ちゅるる。くっちゅ、ふちゅぅ……はっふ……んふぅう」

鼻にかかるような玲音の吐息が聞こえる。それとともに、唾液と唾液がからみ合う淫靡《いんび》な音色が響きわたった。繋《つな》がり合った唇と唇の間からは、唾液が零《こぼ》れ落ちる。濃厚な口づけだ。脳髄まで痺《しび》れるような心地よさに、自然と静馬の身体からは力が抜ける。するとそれを見越したように、玲音は静馬の男子にしては少し小柄な身体を床に押し倒した。玲音が上で静馬が下——そんな体勢になる。

そこで一度、静馬から玲音の唇が離れた。つぷっと口唇と口唇の間に唾液の糸が伸びる。部屋の明かりを反射してキラキラ輝く様が、なんだかすごく、いやらしく見えた。

「せ、先輩？」

ボーッとしながら玲音を見る。玲音もそんな静馬を、頬を上気させ、瞳を潤ませながら見返した。そのうえでもう一度、キスをしてくる。先ほど同様、舌を挿しこむ濃厚な口づけだ。

クチュクチュという水音が部屋中に響きわたる。

ただ舌を蠢《うごめ》かしてくるだけではない。静馬の口内に唾液を流しこみ、ジュルジュルと下品な音色が響くことも厭《いと》わず、吸いあげもする。まるで脳髄まで吸引されているような感覚だ。強烈な快感に全身が熱く火照りはじめる。特に股間が熱くなり、ムクムクと肉棒がふくれあがった。

ズボンが持ちあがる。そこに、玲音の手が触れた。

「あ、これって……」

一度キスを中断し、玲音は驚いたような表情を浮かべる。

「その……ごめんなさい」

反射的に謝罪した。

対する玲音は、すぐに表情から驚きの色を消すと、

「謝る必要なんてなにもないよ。だって……うれしいから」

そう言って微笑みを浮かべてくれた。そのうえで、改めてズボン越しに肉棒に触れてくる。優しく、ゆっくりと、子供をあやすような手つきで、勃起棒を撫《な》でまわしてきた。

「あっ……んんんっ！　あっあっ」

思わず声を漏らしてしまう。ビクビクと身体も電気を流されたみたいに震わせた。

「すごいな。ズボンの上からでもわかるくらいに熱くなってる。これ、あたしとのキ

スで興奮してこうなってるだよね。あたしとしたくて、こんなガチガチにしちゃってるんだよね」

「それは、その……はい」

恥ずかしがりつつも頷《うなず》く。

その答えに、玲音はうれしそうな表情を浮かべると、明らかに手なれていないぎこちない手つきでベルトをはずし、ズボンを脱がせた。もちろん、下着も剝《は》ぎ取ってくる。それによって、今にも破裂しそうなくらいにふくれあがった肉槍が剝《む》き出しになった。

「これ、すっごく大きくなってる。これが静馬の……」

玲音の熱い視線が肉棒にからみついた。

「あ、その……やっぱり、これは……その、なしで……」

「なし……どうして……こんなに大きくしてるのに……」

「それはそうですけど……やっぱり恥ずかしくて……こういうことは、もっと大人になってからしないと……まだ僕たちは、その……」

身をよじらせて、自分を押し倒している玲音から逃れようとしてみせた。

それに対し玲音は、少しだけ考えるような表情を浮かべたうえで、

「ダメ。する。もうするって決めたの。だから――」

キュッと直接、肉棒を握りしめてきた。

「は、はぅううっ！」

肉棒に玲音の熱が伝わってくる。握られているのはペニスだけだというのに、まるで全身が包みこまれるような感覚が走り、思わず声を漏らしてしまった。肉棒自体も震わせる。

「あたしの手の中で、すっごくビクビクしてる。これ、気持ちいいんだ……こうやって握られるのが……」

「気持ちいい。気持ちいいです！　でも、やっぱりこんなことは……」

「ダメじゃない。ほら、恥ずかしがらないで、その気持ちよさに身を任せればいいから……ほら、たしか、こうだったよね。男子って……こうされるのが気持ちいいんだよね。ほら、ほらっ」

握ってくるだけでは終わらない。シコシコとペニスをしごきはじめる。根元から肉先までをゆっくりと何度も上下に擦《こす》りあげた。

動きに合わせて快感が走る。腰をわずかに浮かせつつ「あっあっ」とまるで女子のような喘《あえ》ぎ声まで漏らしてしまった。

刻まれる快感に合わせて、肉棒がより肥大化していく。しかも、ただ大きくなるだけではなく、肉先からは半透明の汁まで溢《あふ》れ出した。

「これ、ぐちゅぐちゅしたのが、あたしの手にからみついてる。これって先走り汁ってやつだよね」

「え、ど、どこでそんなこと……」

「あたしだってさ、いつかこうなるかもと思って、いろいろネットで勉強してるんだ。こういうことする覚悟は、とっくにできてたってこと。だから、静馬……ぜったいやめたりなんてしないからね……はっちゅ、んちゅぅ」

もう一度、唇が重ねられた。

改めて舌を挿しこみ、口腔《こうこう》をかきまぜながら、同時に肉棒をしごく。唾液と唾液がからみ合う音色と、手のひらと肉の竿《さお》が擦れ合う音色が混ざり合うように響きわたった。クチュクチュという音だけに室内が支配されていく。

「ダ、メ……これ、で、出ちゃい……ますぅ」

強烈な快感に、全身が包みこまれていった。愉悦に抗《あらが》うことなどできない。根元から肉先に向かって熱感がわきあがる。そうした快感に流されるがままに、静馬はドクドクと精液を撃ち放った。

「あ、これ、出てるっ」

玲音の手は精液に塗《まみ》れていく。彼女はキスを中断し、驚いたような表情を浮かべながらも、その液をすべて手のひらで受け止めてくれた。

「すごい……これが静馬の精液。こんなに出るんだ」

まるでパックでもされたみたいに白く染まった自分の手をまじまじと見つめる。

「あ、ごめんなさい」

恋人の手を汚してしまったことを、反射的に謝罪した。

「だから、謝る必要なんかない。あたし、うれしいから。こんなに出すくらいあたしで感じてくれたことが本当に。だから……んっちゅ、ふちゅっ……んんんっ」

玲音は精液まみれになった指を咥《くわ》えると、ちゅるちゅると吸いはじめた。

「ちょっ！　ダメですよ、先輩！　汚いですから」

「汚くなんかない。静馬から出たものが汚いはずない。だから、もっと……んれっろ、れろっれろっ……げほっげほっ……んっふ……んっんっんっ」

喉に精液がからんでしまったのか、途中で何度か玲音は咳《せ》きこむ。それでも精飲を中断することなく、手にこびりついた白濁液をすべて飲みほした。

ふだんの玲音は男勝りで明るく元気だ。性の匂いをほとんど感じさせることはない。

しかし、今の彼女は違う。まるで発情期を迎えたケダモノのようにも見える。

そうした姿に、静馬は興奮してしまう。全身が、股間が疼《うず》き、射精を終えたばかりとは思えないほどに肉棒をさらに硬く、熱く滾《たぎ》らせてしまった。

「静馬のおち×ちん、まだこんなに大きい。これなら、まだできそうだね」

「できそうって……その、これ以上は……」

「ダメ。もうするって決めてるんだから。だからね——」

目を細めて微笑むと、玲音は身についていた制服に手をかけ、それを躊躇《ちゅうちょ》することなく脱ぎ捨てた。黒いスポーツブラとショーツだけという姿になる。剝き出しになった下腹部は、陸上部に所属しているだけあって、腹筋が割れるほどに引きしまっていた。そんな肌の表面は、じんわりと汗で濡れている。

そうした下腹をさらすだけでは終わらない。玲音は下着も脱ぎ捨てた。それにより、あまり大きくはない乳房と、陰毛が剃《そ》られた秘部まで露《あらわ》になった。胸と腰まわりはふだんユニフォームに隠されているせいか、そこだけは日焼けしておらず、肌の色は白かった。

「どう、あたしの身体は……」

少し恥ずかしそうな表情を浮かべながら尋ねてくる。

「え……あ、その……えっと……すごく、かっこいいです」

「かっこいい……か。ふふ。けっこう、うれしいね。でも、やっぱりちょっと恥ずかしいかな。ほら、下の毛とか……剃っちゃってるし。ユニフォームからはみ出しちゃったりしないようにね」

「そ、そうなんですか……」

頷きつつ、ジッと見つめてしまう。

秘部の割れ目はすでにぱっくりと左右に開いていた。ピンク色の襞《ひだ》がのぞいている。

その表面は——。

「濡れてるでしょ？」

自分のあそこを見られていることに、玲音は気づいている。

「あ、ごめんなさい」

「だから、謝る必要なんかないって。その……見てほしいんだから」

口にしつつ、玲音は改めて静馬に跨《また》がるような体勢を取った。

「おち×ちんを見て、手で弄《いじ》って……あたしもすっごく興奮した。だから、あそこも濡れちゃった。これが……静馬のおち×ちんが欲しいって思っちゃったの。だから、だからね……このまま、あたしの初めてを……」

先走り汁や精液で濡れた静馬の肉棒を、鼻息を荒くしながらジッと見つめる。そのままゆっくりと、静馬を犯そうとするように、玲音は腰を落としてきた。

だが、もう少しで膣口と肉先が触れるというところで玲音は一度動きを止め、少しだけ不安そうな表情を浮かべた。

「先輩？」

いったい、どうしたのだろうかと、首を傾《かし》げる。

それに対し、玲音はしばらく身体を硬直させたあと、いったん静馬から離れると、ベッドの上に横になった。

「ねぇ……静馬から挿《い》れて」

「え？」

「お願い……」

そんな言葉まで口にする。

とつぜんの玲音の変化に、正直どう対応するべきか静馬は迷ってしまった。

「静馬だって、したいんでしょ。だから、遠慮なんかいらない。さぁ……」

重ねて求めてくる。

ここまで求められてしまったら、拒絶なんかできない。恋人に恥をかかせるわけにはいかないということくらい、静馬にだって考えることはできた。

ベッドに上がる。ギシッと軋《きし》んだ音色が響きわたった。

自分の上に静馬が来たことを確認し、玲音は足を左右にひろげる。改めて肉花弁が淫らに咲いた。開いた膣口からはトロトロと蜜が溢れ出している。肉穴が呼吸するように蠢く有様が本当に淫らだ。

「えっと……その、それじゃあ……」

息を呑みつつ、肉先を膣口へと近づけていく。

「挿れて」

「……はい」

頷くとともに、肉先をグチュッと膣口に密着させると、そのまま腰を突き出した。ズブズブと玲音の膣内にペニスを挿しこんでいく。膣口を押し開き、一気に根元まで肉槍を突き入れた。

「はっぐ、ふぐぅうううっ」

とたんに、玲音の眉間に皺《しわ》が寄る。苦しげな呻《うめ》き声が漏れ、結合部からは血が溢れ出して、ベッドシーツに染みこんだ。

「先輩……これって……初めて……」

「あ、当たり前でしょ。あたしがつき合ったことがあるの、は……うぅう……し、静馬だけなんだからね。静馬だって……初めて……でしょ？」

「それは、その……う、うん……」

「へへ、うれしい」

苦しげな表情を浮かべつつも、本当にうれしそうに、玲音は笑った。

「それじゃあ、その……動いて……いいよ。静馬が好きなようにして……」

「で、でも……痛くないんですか？」

「それは、その……痛い、痛いよ。でもさ、それ以上にうれしいんだ。それに、痛いだけじゃなくて……ちょっと、気持ちいいって感覚もある。だから、遠慮なく……静馬がしたいようにしていいから……もっと、静馬を感じさせて……」

言葉だけではなく、身体でも求めるように、ギュッギュッと膣壁で肉棒をきつく締めつけてくる。ペニスがつぶされてしまうのではないかというほどに圧迫された。それが堪らなく心地よい。そうした快感に押し流されるように、玲音の求めに応えるように、静馬は腰を振りはじめた。

「はっく、ふくぅう！　そう、それ！　そんな感じ！　もっと突いて！　あたしの奥、何度もたたいて！　はっく、んくぅう！　遠慮なく、激しく！　あたしに静馬を刻みこんで！　あっあっあっ」

　ベッドがギッギッギッと鳴るほどに膣奥を突くたび、より締めつけがきつくなった。ヒダヒダの一枚一枚が肉竿にからみつき、搾りあげてくる。早く射精して、膣奥に熱い汁を流しこんで――と、蜜壺《みつつぼ》そのものが訴えているように感じられる。

　それがあまりに心地よく、射精衝動が抽挿に合わせてふくれあがってきた。肉棒自体もどんどん大きくなっていく。亀頭がいつ破裂してしまってもおかしくなさそうなほどに膨張した。

「大きくなってる。熱くなって……るっ！　出したいの？　もう、射精……したい？だったら、出……して……遠慮なくあたしの中に！　欲しいから……静馬の熱いのが欲しいから……来て！　静馬……来てっ!!」

　ただ受け身になるだけではなく、静馬のピストンに合わせて玲音も腰を振る。互いに互いの性器に性器を打ちつけるような抽挿だ。

「せ、先輩っ！」

　腰を振りつつ、玲音に唇を寄せ、キスをした。

「んん！　むっちゅ……ふちゅうう」

　繋がり合いながらの口づけ――まるで全身をひとつに重ね合わせているような気分

になる。自分の身体がドロドロに溶けて、玲音と混ざり合っていくような感覚だ。その心地よさに、肉棒は限界に達する。

「ンンン！　で、出るっ！」

口づけを続けたまま、ドクンッとペニスを脈動させると、玲音の膣奥に向かって多量の白濁液を撃ち放った。

「はんん！　んっんっ！　んふぅううぅっ!!」

玲音の腰が浮く。これまで以上に膣で肉棒を締めつけてきた。まるで最後の一滴まで精液を絞り取ろうとしているかのような反応だ。より強烈な快感が静馬に流れこんでくる。そうした感覚に流されるみたいに、静馬はドクドクと精液をひたすら流しこみつづけた。

やがて、全身から力が抜けていく。身体中が強烈な脱力感に包みこまれた。

「はぁああ……子宮の中に静馬の精液がたまってるのがわかる。すごい出したね……静馬、気持ちよかったかな」

「はい……すごくよかったです」

「そっか、そっか……ならよかった」

肉棒を挿れたままぐったりとした静馬の頭を、玲音が優しく撫でる。その心地よさにうっとりと、静馬は目を細めた。

(気持ちいい。本当に気持ちよかった)

本心からの思いだ。

けれど、静馬が感じているのはそうした満足感、幸福感だけではなかった。いや、それ以上に、物足りなさを感じてしまっている。

(先輩は僕を思ってくれてる。僕を好きでいてくれてる。僕のことばかりを考えてくれてる。だから、先輩だったらと思ったけど……でもやっぱり……ダメだった……)

そんなことを考えながら玲音を見る。

玲音は満足そうな表情で目を閉じていた。

幸せそうな顔である。その顔を見ていると、胸がズキッと痛んだ。

(すみません、先輩)

心の中で謝罪しつつ、肉棒を引き抜き、玲音と並ぶような体勢でベッドに横になる。

玲音の部屋の天井をぼんやりと見つめた。

(じつは、僕……本当は初めてじゃないんです。これまでも何度もセックスしてきました。先輩に嘘《うそ》をつきました。ごめんなさい。でも、だけど……そうするしかなかったんです。そうしないと、僕……変になっちゃいそうだったから)

胸の奥にずっと焦燥感がある。つねに渇きのようなものを感じてしまっている。ぽっかりと身体に穴が空いているような感覚とでも言うべきだろうか。そうした感覚を埋めたかった。この焦燥感を消し、満足したい――そんな思いがずっと静馬の心にしこりのように存在していた。

だからこれまで、静馬はいろいろな女性たちと関係を持ってきた。しかし、今日の玲音との行為と同じく、満たされることはなかった。

(僕を満たすことができるのは、やっぱり……あの人しか……)

2

――一年前。

この日、静馬の帰りはふだんよりかなり遅くなってしまった。学校の図書室で読書に夢中になってしまった結果である。空はすっかり暗い。

だから帰路につく静馬の足は、自然と早足になっていた。

しかし、途中で静馬はその足を止めた。

(なんだろ?)

街の裏路地のほうから、声のようなものが聞こえた気がしたからだ。人通りがほとんどない道である。毎日ここを歩いているけれど、なにかが聞こえてきたなんて初めてのことだった。

ゆえに、気になってしまった。

危ないかもしれない──そういう思いはとうぜんある。

ただ、それでも、もしかしたら事件とかを見られるかもしれない──そんな子供っぽい好奇心のほうが勝り、静馬はゆっくりと路地へと足を踏み入れた。

そして、そこで見た。

「はぁあ……挿れる。挿れるわよ。キミのち×ぽを私のま×こに」

「やだ、やめて！　やめてぇえっ！」

悲鳴をあげる少年を、女性が押さえこんでいる。

少年のズボンは脱がされ、肉棒が剝き出しだった。女性はそんな少年にのしかかる。スカートの中に手を入れ、自分から下着を脱ぎ捨てた。

(なに……これ、なにをしてるの？)

そんな有様に、静馬は呆然《ぼうぜん》としてしまう。

静馬だって思春期だ。性の知識はとうぜん持っている。オナニーだってもうしているのだ。しかし、こんな光景は想像もしたことがなかった。

こういう行為は男のほうが主体となってする――というのが静馬の常識だった。

しかし、目の前の光景はまるで違う。女性のほうが少年を犯そうとしている。

少年は半泣きになって暴れている。けれど、女性は大人だ。いくら男でも、まだ子供である。大人に力では敵わない。

「ごめんなさいね。でも、もう……我慢できないの。だから、だから……」

そんな少年に対し、女性は何度も謝罪しながら、自分から腰を落としていった。

「あっあっ！　はぁああ！」

「ふっく……んふぅうう……入った。ち×ぽが……ま×こに入ったぁ」

静馬の目の前で、少年と女性がひとつになる。

膣奥まで肉棒を呑みこんだ女性の表情が本当に幸せそうで、心地よさそうなものに変わった。

「これ、ずっとこれが欲しかったの……やっと、やっと……あああ、感じられる。これで……満たされる。んっふ、はふぁああ！　あっあっあっ――はぁああ」

もちろん、挿れるだけで行為は終わらない。

女性は腰を振りはじめる。これまで静馬が見てきたエッチな動画の男たちみたいな勢いのピストンだ。

(女のほうから腰を振ってる。あんな……あんなことが……)

泣く少年を、女は容赦なく犯す。

パンパンパンッという音色が響くほどの勢いで、何度も腰を打ちつける。それは獣が交尾しているかのような光景だった。人には見えない。

肩のあたりで切りそろえた黒髪に、切れ長の目。まっすぐ通った鼻筋。艶やかな唇——女性はとても美人だ。身に着けている服もパリッとしたスーツで、とてもまじめそうな人にしか見えない。だというのに、今の女性がさらしている姿は、本能に支配されたケダモノとしか言えないものだった。女性らしさなんてどこにもない姿である。

(でも、なんか……すごく……)

美しく見えた。

自然と身体が熱くなってしまう。特に下半身が熱く火照った。今にもあそこが燃えあがってしまいそうなほどである。

ここは外だ。しかし、我慢なんかできるわけがなかった。

女性の行為を見ながら、ズボンの中に手を入れて、シコシコとペニスをしごいた。

犯される少年の姿に自分自身を重ね合わせながら……。

「やだ、出ちゃう！　これ、僕……オシッコ、出ちゃうよぉ」

静馬の存在に気づくことなく、少年が限界を訴える。

「もう、やめてぇ！　したくない！　お漏らしなんて……したくないのぉ」

どうやら少年は、まだ射精さえも知らないようだ。

そんな反応に、女性はさらにうれしそうな表情を浮かべる。

「我慢なんてする必要ないわ。出したいなら、出せばいいの。私の中に注ぎこんで。キミの精液をドクドク射精するのよ」

「なに……なに言ってるの。わかんない。わかんなくて、怖いよぉ」

「でも、気持ちいいでしょ。ほら、ほらっ、あっは……んはぁああ！　あっあっあっあっ……んぁあああああ」

女性が艶やかな声で啼《な》く。抽挿速度がどんどんあがっていった。

シンクロするように静馬の手淫も激しさを増してくる。

(出る……出ちゃぅ……もう、我慢できない！　僕……僕ぅううっ!!)

わきあがる射精衝動に抗うことなどできなかった。流されるがままに、ズボンの中に精液をドクドクと撃ち放った。

それと同時に、

「あああ……出るぅ！」

少年も限界に至った。

「あっは……んはぁああ！　あっあっあっ！　はぁあああ！」

少年の精液が女性の蜜壺に流しこまれる。

「出てる……熱いのがひろがる。はぁああ……いい。いいわ。気持ちいい。イクッ！

こんなの……私も……イクぅっ」

膣内射精に合わせて、女性も絶頂に至った。

背筋を反らし、首筋をさらしながら、歓喜の悲鳴を響かせる。

（すごい……）

そんな女性を見ながらする射精は、生まれて初めてオナニーをしてしまったときの性感よりも、はるかに大きく、衝撃的なものだった。自分のすべてが精液というかたちで出てしまうのではないかとさえ思ってしまうほどに、ひたすら静馬は射精しつづけた。

「もっと……もっとよ。まだ、もっと」

そんな静馬の視線には気づくことなく、女性はふたたび腰を振りはじめた。

一度だけでは足りない。もっと感じたい。もっとペニスを味わって、精液を注ぎこんでほしい――そう訴えるように、先ほどまで以上にグラインドを大きなものに変えていく。

「はぁあ！　やっ！　ダッメ！　無理！　これ以上は無理だよぉ！　おかしくなる！　僕……変になっちゃうよぉ」

とうぜん、少年は泣き叫んだ。

だが、女性は止まらない。それどころか、少年の情けない姿に、よりうれしそうな表情を浮かべている。

「見せて……キミがおかしくなった姿を……グチャグチャになったところを……ほら、ほら……もっともっと感じさせてあげるから」

ただ欲望の赴くままに、女性は少年を犯しつづける。

そうした姿に静馬の興奮も、射精したばかりとは思えないくらいに、さらに大きくふくれあがっていった。

肉棒は萎えるどころか、より硬くなっていく。

わきあがってくる情欲に逆らうことなんかできなかった。興奮のままに、ペニスを握ってしごきつづける。

女性による「少年凌辱」に合わせて、静馬は何度も何度も射精を繰り返した。

3

「はぁっはぁっはぁっ……」

隣で玲音が寝ている。

彼女の寝息を聞きながら、静馬は一年前に見てしまった出来事を想起しながらオナニーをしていた。あのときの女性に自分が犯されることを考える。あの日の少年のように、自分がむちゃくちゃにされることを妄想する。

考えるだけで、先ほどした玲音とのセックスよりも、もっとずっと強烈な興奮を覚えてしまう。

（出る……これ、出る。我慢とか……む、りぃいいっ！）

わきあがる欲求を抑えこむことなど不可能だった。

肉棒を、全身を震わせて射精する。

ドビュッドビュッと肉先から放たれた精液量は、玲音の膣内に注ぎこんだ量よりもずっと多かった。

精液でドロドロになった自分の手を見る。

（こんなに出すなんて……先輩、ごめん。でも、だけど……仕方ないんだ）

玲音に対する申し訳なさはある。

しかし、だからといって持ってしまった欲求はどうすることもできないのだ。

（この感覚……この焦燥感……これを埋めたい。埋めたいんだ）

満たされたい。一年前からずっと抱いてきた欲求を解消したい。

（そのためにずっとがんばってきたんだ。そして、やっとここまで来た。それでも先輩ならと思っていたけど、もうダメ……だから、始める。始めるんだ、計画を……）

そんなことを考えながら、ベッド脇に置いたスマートフォンを手に取り、画面を表示した。

ディスプレイにひとりの女性が映し出される。

あの日見た女性だ。

その画像を見つめながら——。

「……僕は……僕はあなたに犯されたい……」

静かにひとこと呟《つぶや》いた。

第二章　初体験

1

入学式当日――教室には大勢の生徒たちが集まり、それぞれ思いおもいの話をしていた。静馬もその中で中学時代からの友人たちと話をしていたのだけれど、その内容はほとんど頭に入ってはきていなかった。

あの女性のことばかりを考えてしまうからだ。

(この学校にあの人がいる。ついに、あの人に正面から会うことができるんだ)

などということを考えるだけで、心臓を早鐘のように高鳴らせてしまう。

教室の戸がガラッと開いたのは、そんなときのことである。

教室内に大人の女性――今、まさに頭の中で想起していた黒髪の女性が入ってきた。

「――え？」

思わず間の抜けた声を漏らしてしまう。まさかいきなり出会うことになるなんて想定していなかったからだ。呆然としてしまう。

ただ、呆然としているのは静馬だけではなかった。ほかの生徒たちも動きを止め、ポカンとした表情で女性を見る。みんな驚いている様子だ。

それはとうぜんと言えばとうぜんだろう。

スーツを身に着けた女性の顔立ちは、精巧に作られた人形のように整っている。女優やモデルをしていてもおかしくなさそうなほどに美人だ。街を歩けばすれ違った十人中十人が振り返ってもおかしくはないだろう。それほどの美人がとつぜん現れたのだ。驚かないほうがおかしい。

結果、会話をする人間がいなくなり、教室内に静寂がひろがった。

女性はそんな室内をぐるりと見まわすと、黒板にカツカツと自身の名を書き――。

「私は二階堂《にかいどう》です。二階堂夏奏《かなで》――今日からあなたたちの担任をさせていただきます。これから三年間、よろしくお願いしますね」

にっこりと微笑みを浮かべた。

二階堂夏奏――それがあの女性の名前である。
ただ、驚きはない。なぜならば、静馬はすでに夏奏の名を知っていたからだ。

2

――一年前。

「はぁっはぁっはぁっ……」

女性による逆レイプを見ながら自慰をし、射精してしまった静馬は、手をべっとりと精液で濡らしつつ、何度も肩で息をした。まるで全力疾走したあとみたいに、身体中が疲労感に包まれた。正直このまま目を閉じて眠ってしまいたいとさえ思えるほどの脱力感だった。

けれど、目を開きつづけた。静馬はジッと女性を見つめつづけた。彼女の一挙手一投足を見たかったからだ。

静馬の視線には気づくことなく、女性は泣いている少年から離れた。ジュボッとペニスが引き抜かれる。射精を終えて萎えた少年の肉棒は、愛液や精液でグショグショに濡れていた。

女性はその有様をどこか興奮げに見つめていた。もう何度も精液を絞り取ったあとだというのに、まだ情欲は鎮まっていないようだった。

そんな女性の股間部がどうなっていたのかは、彼女が身に着けていたスカートのせいで確認することはできなかった。ただ、精液に塗れていたことは間違いないだろう。それを証明するように、スカートからのぞき見えた足を伝って、白い汁が流れ落ちているのが見て取れた。

そのような状態で、女性はしばらくの間ただただその場に立ちつくし、少年を見つめていた。その表情は、この獲物は私のものだ、私が得たものだ——と誇っているようにも見えた。得た獲物はぜったいに手放しはしないという心の声まで、聞こえてくるような気がした。

けれど、その時間は長くは続かなかった。

唐突に女性は正気に戻ったらしく、視線を泳がせはじめた。表情には動揺の色が浮かんだ。自分がなにをしたのかを認識した——というような変化だった。

女性は慌てて、少年を置いてその場から逃げるように立ち去った。

(追わなくちゃ)

静馬もすぐさま動き出した。

知りたい。あの女性が何者なのかを知りたい――そう思ってしまったからだ。

だから、逃げる女性の跡をつけたのである。

結果、静馬は女性の住むアパートを知った。いや、それだけではない。アパートにかけられた表札から、女性の名が須野原《すのはら》夏奏であるということも……。

しかし、それだけでは満足できなかった。

（須野原夏奏……なにをしてる人なんだろう？）

すべてを知りたいと思った。

だから、学校をサボってまで夏奏の家の前で張りこみ――彼女が高校教師であることを特定したのである。

ただ、そこまでだった。

家を、名前を、仕事を知った。だが、だからといってなにもできはしない。静馬と夏奏の間には、なんの接点もないのだ。

だから、特定以上のなにかをするということは、いっさいなかった。

夏奏のことを知った――そこで静馬の行動は終わったのである。

けれど、静馬の頭にはあの日の夏奏による逆レイプが強く焼きついていた。日に何度も頭の中であの光景がリフレインするのだ。思い出すたびに強烈な興奮と、胸を締めつけられるようなもどかしさがふくれあがる。

そして、気がつけば――。

(あの日、あの子を犯してたあの人の……夏奏さんの姿、すごくきれいだった。本当にきれいだった。あの姿を……僕にも見せてほしい。あの子にしたことを、僕にもしてほしい。僕もあの子みたいに犯されたい)

などということばかり考えるようになってしまった。

ただ、犯されたいと思考しても犯してはもらえない。夏奏は静馬のことを知りもしないのだ。接点などなにひとつない。そのような状況で犯してもらえる確率なんて、ほぼゼロと言っても過言ではないだろう。つまり、静馬の欲望が叶《かな》うことはない。

(いやだっ!)

しかし、その現実を受け入れたくはなかった。

(そんなの耐えられない。そんなの僕……おかしくなる)

日に日に欲望は強くなってくる。

この欲求を解消できなければ自分は発狂してしまうのではないか。気がつけばそんなことまで考えるようになってしまっていた。一生夢は叶わない――考えるだけで叫びたくなるほどにつらかった。

だから——。

(犯してもらう。どんなことをしても夏奏さんに……そのためだったら、なんだってする。どんなことだって……)

そう決めた。


決意して数日後、静馬の家に西園《にしぞの》スミレがやってきた。

「久しぶりね、静馬君」

スミレが少し垂れぎみの目を細めて微笑みかけてくる。

「うん、スミレ姉さん、久しぶり」

静馬も笑みを返した。

スミレ姉さん——昔から静馬はスミレのことをそう呼んでいる。ただ、だからといって、スミレは姉というわけではない。スミレは静馬の親戚だ。

静馬とはかなり歳《とし》が離れており、現在は大学に通っている。ただ、顔立ちはなんだかかわいらしさを感じさせ、あまり大人という感じはしない。おかげでふたりきりになってもあまり緊張はしなかった。

「それで……いきなり勉強を教えてほしいなんて、どういう心境の変化なわけ？　静馬君、あんまり勉強好きじゃなかったよね？」

イタズラっ子みたいな表情をスミレは向けてきた。

スミレがここに来たのはその言葉どおり、静馬の家庭教師をするためである。

「まぁ、うん……たしかに勉強はあんまり好きじゃない。でも、その……行きたい学校ができてさ」

「へぇ、どこ？」

「えっと……」

問われるがまま、夏奏が勤務している学校名を話した。

「へぇ……あそこって、けっこう偏差値高いよね。なるほど、それで……でも、どうしてあそこに行きたいなんて思ったの。ここからあんまり近くもないし」

「……その、夢があるから」

「夢……どんな？」

「それは……その……話せない」

その学校の女教師に犯されたいから——などと話せるわけがない。

「そっか……まぁ、でも、うん、ちっちゃい頃から知ってる静馬君ががんばる気になったのなら、スミレもがんばっちゃうよ。ぜったい合格させてあげるからね。これでも、けっこういい学校通ってるんだから」

「うん、お願いします！」

というわけで、スミレを家庭教師にした勉強が始まった。

いい学校に通っている――その言葉は伊達ではなかった。スミレによる教えはかなりわかりやすく、静馬の成績はめきめきと上がっていった。


「静馬君、本当にがんばってるね。これなら目標達成できそう」

「ぜんぶ、スミレ姉さんのおかげだよ。本当に感謝してる」

「違うって……静馬君自身ががんばってるからだよ……って、あ、そこ違う」

「え、どこですか？」

「ここだよ、ここ」

机に座る静馬に、スミレが身体を寄せてきた。ギュッと身体が押し当てられる。背中にスミレの胸が触れた。それほど大きくはない。しかし、小さすぎもしない。だから感触も、はっきり伝わってくる。

やわらかくてなんだか少し温かな感触に、反射的に身体をビクッと震わせてしまった。

「あっ……その、ごめんね」

スミレが謝罪する。

「いや、その……べつにスミレ姉さんが謝るようなことじゃないから」

生々しい感触に動揺しつつ、搾り出すようにそう口にした。


それ以後、スミレとの接触がなんだか多くなっていった。

なにかというとスミレのほうから身体をくっつけてくるようになったとでも言うべきだろうか。しかも、身体を密着させてくるだけではなく、どこか熱のこもった視線まで、スミレは静馬へと向けてきた。

スミレは自分に気があるのかもしれない――と、静馬自身思うほどに、彼女の態度は露骨なものだった。

だからだろうか、気がつけばいつしか静馬もスミレに対して興奮を覚えるようになっていった。そのせいか、勉強への集中力が落ち、テストの点数も少し下がることとなってしまった。

「前はできてた問題が解けなくなってる。これ、どうしてなの？」

「どうしてって……それは、その……」

スミレを見ていると、変な気分になってしまうから——などとは、さすがに恥ずかしくて口にはできない。

自然と言葉に詰まり、どうするべきかと視線を泳がせることとなってしまう。

そんな静馬に対して、スミレは一瞬迷うような表情を浮かべたあと、一度息を吸うと、机に座る静馬の耳もとに、背後から唇を寄せてきた。

「スミレのことを意識しちゃって、集中できなくなっちゃってるの？」

「え……あ、それは……その……」

事実を言い当てられてしまったことに、心臓が跳ねあがる。声も少し裏返ってしまった。

「ご、ごめんなさい」

なにを口にしていいかわからず、取りあえず謝罪する。

「べつに静馬君が謝る必要なんかないよ。というか、謝らなくちゃいけないのはスミレのほうだしね」

「え、それって……どういうこと？」

「どうって、だってさ、最近静馬君にスミレを意識させるようなことばっかりしてたせいで、集中できなくなっちゃったんでしょ？」

吐息が届くほどの距離で囁《ささや》いてくる。耳にしているだけで、全身がゾクゾクしてしまうような声だった。

「ねぇ、そうなんでしょ？」

重ねて尋ねてくる。

「それは……うん……そう……」

否定することはできなかった。ためらいつつも首を縦に振る。

「そうだよね。だから、ごめんね。静馬君は夢のためにがんばってるのにさ」

「……べつに謝る必要は……でも、どうして、なんでスミレ姉さんはそんなことを？」

「それはね……その、ほら、前にスミレの胸が静馬君に当たっちゃったことがあったでしょ。あの日、静馬君が見せてくれた反応がすっごくかわいくてね。それで、その……もっと見たいって思っちゃったの」

だから意識して、ボディタッチを増やしたりしてきたらしい。

「でも、そのせいで……だから、お詫《わ》びをさせてもらえないかな？」

「お詫び……べつにそんなの必要ないよ」

「ううん、必要なことだよ。それにさ、その……スミレのせいで悶々《もんもん》としちゃってるんでしょ。だったら、それを解消する必要もある。そうしないと勉強に集中できないよね？」

「それは……」

たしかに、そのとおりかもしれない。

「でも、解消なんてどうするの？」

伝わってくるスミレの吐息に、身を固くしながら問いかける。

「簡単なことだよ。こうするの」

そんな静馬の顔に、スミレの手が添えられた。そのうえで、スミレはさらに顔を寄せたかと思うと「んっ」と静馬の唇に自身の唇を重ねた。

「んっ……んんんっ!?」

いきなりのキスに驚き、目を見開くこととなってしまう。反射的に顔を離そうともしてしまった。しかし、スミレが両手でがっちりこちらの頭を押さえているので離れることはできない。それどころか、さらに強く顔を押しつけられた。より強く唇が重なり合う。いや、ただ唇を重ねるだけではなく、スミレはそうすることがとうぜんだとでも言うように、口内に舌まで挿しこんできた。

「んんん！」

「ふっちゅ……んっちゅる……むちゅるっ！　ちゅっちゅっ……ちゅるるるるぅ」

口の中がスミレの舌でかきまぜられる。ジュルジュルと口腔が吸われる。濃厚と言っていいキスだった。

（これが……キス……すごい……気持ちいい）

口の中を舌で蹂躙《じゅうりん》されているだけである。しかし、それが堪らなく心地よかった。舌の蠢きに合わせて、どんどん快感としか言えない感覚がふくれあがっていく。身体中が燃えあがりそうなほどに熱くなり、肉棒がムクムクと勃起した。

「んふう……はぁっはぁっはぁっ……キス、初めてだった？」

スミレが重ねていた唇を離して問いかける。頭がぼんやりするような感覚を抱きつつ、静馬は首を縦に振って問いを肯定した。

「気持ちよかったでしょ？」

重ねての質問にも頷く。

「そうだよね。ここ……こんなに大きくなっちゃってるもんね」

静馬の答えに満足そうな表情を浮かべつつ、スミレは手でズボンの上から勃起したペニスに触れてきた。

「はぅうう っ！」

それだけで電気を流されたみたいな刺激が走る。思わず悲鳴みたいな声を漏らすとともに、ビクビクッと身体を震わせた。

「思ったとおり……かわいい反応」

静馬の反応にスミレはどこまでもうれしそうな表情を浮かべたかと思うと、手をゆっくり動かしはじめた。ズボン越しに勃起棒を擦りあげてくる。

「あっ！　やっ！　ちょっ！　姉さん……それは……ふぁぁ！　あっあっ……はああああっ！」

少し撫でられただけだ。けれど、自分で直接肉棒を握ってしごくときよりも、ずっとずっと大きな刺激が走る。あまりの心地よさに、思わず少女みたいな悲鳴まで漏らしてしまった。

「かわいい声……ねぇ、もっと聞かせて……もっと……」

スミレの吐息がどんどん荒くなってくる。

それに比例するように、手の動きも激しさを増してきた。ズボン越しに刻まれる性感が大きくなってくる。根元から肉先までを繰り返し擦られる感覚は、まるで全身を撫であげられているようにも感じられるほどに心地よいものだ。

「出ちゃう！　これ……出ちゃぅっ!!　スミレ姉さん……僕、我慢できないよぉ」

どうしようもないほどに強烈な射精衝動がわきあがってくる。

「いいよ……出して」

言葉とともに、スミレはもう一度静馬にキスをしてきた。それとともに、ギュッと押しこむようにペニスを圧迫してくる。

「んんん！　くふんんっ!!」

強烈な性感が弾《はじ》けた。

頭が真っ白になりそうなくらいの愉悦が走る。全身を壊れた玩具みたいに震わせながら、静馬は精液をドクドクと撃ち放った。

「んっはぁあああ……出てる。たくさん出てるね。ほら、ズボンに染みてるよ」

言葉どおり、ズボンの股間部には染みができていた。生地では吸収しきれなかった白濁液が漏れ出て、スミレの手を白く染めた。

「こんなに指にからみついてる。本当にたくさん出したんだね」

スミレはうっとりとした表情で、指にからみついた精液をまじまじと見つめた。

幼い頃から知っている姉のような女性が、自分の精液を指先で弄んでいる――夢でも見ているのではないかとさえ思えてしまう光景だった。

なんだかスミレと、あの日見た夏奏の姿が重なってくる。

そのせいだろうか、射精直後とは思えないほどに、興奮がふくれあがった。肉棒は萎えるどころか、さらにふくれあがっていく。

「……こんなに出したのに、まだそんなに大きいんだ」

とうぜん、スミレも気づいた。

「ねぇ、もっとしてほしい？　もっと感じさせてほしい？」

「そ、れは……」

頷きたかった。してほしいと答えたかった。

しかし、あえてそんな思いを抑えこみ、

「いいよ……もう、これ以上しなくていい。こんなことしちゃ……ダメだよ」

と、搾り出すように口にした。

その答えに、スミレは少し驚いたような表情を浮かべる。まさか拒絶されるとは思ってもみなかったのだろう。どうするべきか迷うようなそぶりを見せた。

そんなスミレに対し、静馬は縋《すが》るような視線を向ける。本当はしてほしい——という欲望を含んだ視線だった。

「……嘘をついちゃ、ダメだよ」

スミレはこちらの欲求に気づいてくれた。

「ほら、本当はしたいんでしょ。わかってるよ」

改めて股間部に手を伸ばしてきた。ベルトがはずされ、ズボンが脱がされる。下着だって剝ぎ取られてしまう。勃起したペニスが剝き出しになった。

「射精したばっかりなのに、ガチガチだね。こんなにしちゃうくらい、スミレとエッチしたかったんだね」

「ち、違うよ……そんなこと……」

したい。したい――でも、認めてはいけない。

あの日見てしまった少年のようにされたいから。無理やり犯されたいから――だから、頷くことはできないのだ。

「静馬君って、思ったよりも意地っぱりなんだね。でも、そういうところかわいくて好きだよ。そんな姿見せられたら、スミレ、我慢なんかできない。だからね……」

そう言うと、スミレは身に着けていた服を下着も含めてすべて脱ぎ捨てた。

手のひらサイズの乳房や、陰毛に塗れた秘部が露になる。つき合いは長いけれど、こうしてスミレの裸を見るのは初めてのことだ。

肌の色は白。その白に彩りを添えるような乳首のピンク色がとても鮮やかである。呼吸に合わせてゆっくりと胸もとが上下する。なんだかとても生々しい。

身体が熱くなっているのか、汗もわずかだけれど、にじみ出している。ツツッと肌を伝ってそれが流れ落ちていく様が、とてつもなく淫靡に見えた。

思わずゴクッと息を呑んでしまう。それとともに、さらに肉棒をふくれあがらせた。

「おち×ちん、ガッチガチ……スミレのあそこもすごく熱くなっちゃう。この気持ち、抑えられない……だから、挿れるね」

椅子に座ったままの静馬に、スミレが跨がってきた。

「や、ダメ……本当に、スミレ姉さん、これ以上は……」

「それじゃあ、行くね」

なにを訴えても、スミレは止まらない。

頬を上気させた妖艶な表情を浮かべつつ腰を落とし、亀頭に膣口をグチュリッと密着させてきた。

「は……あううう っ」

肉先にヒダヒダがグチュッと吸いついてくる。腰が抜けてしまいそうになるほどの刺激が走り、触れただけだというのに達しそうになってしまった。

静馬のそんな反応を楽しげに見つめつつ、スミレはさらに腰を落としてくる。膣口がクパッと開き、ペニスが蜜壺に呑みこまれていった。

「うああ！　こっれ、すご！　すごい！　はぁああ！　すごすぎるぅ」

ギュウウッと膣壁でペニスが締めつけられた。入っているのは肉棒だけだというのに、まるで全身を抱きしめられているかのようにさえ感じられる。

「はふぅう……入った。入ってる。静馬君のおち×ちんが、スミレのおま×こに入ってるよ。どう……気持ちいい？　んんんっ、はっふ、んふぅうう……おち×ちん、おま×こでギュッとされて……感じてる？」

白い肌をピンク色に染め、全身から汗を分泌させながら、囁くように問いかけられる。

正直、気持ちよかった。結合部を中心に全身がドロドロに溶けて、スミレとひとつに混ざり合ってしまうのではないか――などということさえ考えてしまうほどの快感が身体中を駆けめぐっている。少しでも気を抜けば、いつ射精してしまってもおかしくはない。

「そんなこと……ない……ないから……抜いて。これ、抜いてぇ」

けれど、快感を否定する。

そのほうがあの日見た夏奏のように、スミレがもっと攻めてくれると思ったからだ。

「まだ、そんなこと……ほら、これでも、これでもなの？」

実際、そのとおりだった。

スミレはギュギュギュッときつく肉槍を締めつけながら、椅子が軋《きし》むほどに激しく腰を振りはじめる。

「はぁああ！　あっは！　んはぁあ！　こんな……はひぃ！　ダメだって……抜いてって言ってるのにぃ！　こんな……こんな激しくなんてぇ！　おかしくなる！　スミレ姉さん……僕、変になっちゃうよぉ！　だから……やめて、止めて！　ダメだからぁああっ！」

「ごめん……そんなこと言われても、無理。だって……はふぅう……静馬君のおち×ちん、すっごく気持ちいいから……だから、腰を止めるなんて無理だよ」

行為の中断をどれだけ求めても、スミレはグラインドを止めはしない。それどころか、静馬がダメだダメだと口にすればするほど、より動きを大きなものにし、締めつけもさらにきついものに変えた。

「ほら、来てる……スミレのいちばん奥にまで静馬君のおち×ちんが入ってきてるよ。わかるでしょ。おち×ちんの先っぽに……んっふぅう……スミレの子宮が当たってるの……わかる……よね？」

亀頭にコリコリとしたものが当たる。スミレの子宮口なのだろう。

それはただペニスの先端部に触れてくるだけではなかった。クパッと子宮口を開くと、肉先に吸いつかせてきた。

襞で肉竿を絞るように刺激しながら、亀頭を膣奥で吸いあげてくる。それはまるで膣全体で、静馬に射精を求めているかのような反応だった。

「やっだ……すごい！　これ、すごすぎて……僕、出ちゃう！　はひぃい！　出ちゃうよぉ！　こんな……んふうう！　感じすぎて、我慢できないよぉ！」

快感が強すぎる。我慢などできない。どうしようもないくらいに射精衝動がふくれあがってきてしまう。

「はっふ……んふぅうう……わかる。わかるよ。これ……静馬君のおち×ちん、すっごく大きくなってる。スミレの中でふくらんで、熱くなってるのが……はぁああ……わかるよ。出したい。射精……したいんだね？」

「それは……それはぁああ！」

「いいんだよ。正直になれば。ほら、思いのままに出すの。スミレに、静馬君の精液……たくさん感じさせて」

熱に浮かされたような表情を浮かべつつ、腰をより大きく上下に打ち振るってきた。

いや、ただ上下に動かすだけではない。ときには円を描くような動きをしたり、ときにはグリグリと押しこむように腰を密着させてきたりもする。そうした動きに合わせて、結合部から溢れ出す愛液量もどんどん増してきた。透明だった女蜜の色が白く濁りはじめる。糸を引くほど汁は、濃厚なものに変わってきた。

「あぁあ……これ、ダメぇぇ」

ふくれあがる快感にあと押しされるみたいに、静馬のほうからも腰を振りはじめてしまう。我慢しなければという思いなんか簡単に押し流されてしまうほどの愉悦だ。

「んっはぁあ！　来てる。さっきまでよりずっと奥に入ってきてる。いい。気持ちいいのがどんどん大きくなる。これ、スミレも……んふううう……スミレもイクよ。静馬君のおち×ちんが気持ちよくて……イクよ。だから……だからね……」

スミレが両手で静馬の頬を包んできた。

「静馬君の射精で……スミレをイカせて……はっちゅ……んちゅう」

そのままキスをしてきた。

また口腔に舌が挿しこまれる。最初にしたときと同じように、口の中がめちゃくちゃにかきまぜられた。

（これ……はぁああ……あったかい……）

キスをしつつ、より強く身体を押しつけてくる。静馬の胸板に当たったスミレの乳房の形がグニュッと変わった。ドクッドクッというスミレの鼓動まで伝わってくる。

そのうえで、グラインドを続ける。自分のぜんぶがスミレとひとつに繋がり合っているみたいな感覚だ。

「も、これ……もう……」

もはや抗うことなどできない。搾られるがままに、精液を撃ち放とうとする。

「いいよ。来て」

言葉とともにスミレは、肉棒をつぶしそうなくらいに、蜜壺による締めつけを強烈なものとしてきた。

「あ、くぁあああああっ！」

快感が弾ける。目の前が真っ白に染まるとともに、ドクンッと肉棒が脈動した。たまりにたまった精液を、膣奥に向かって撃ち放つ。

「あっふ、んふううう！　あっあっあっ……はぁあああ」

スミレは静馬の背中に手をまわすと、きつく抱きしめてきた。両脚でも腰を挟みこむようにしながら背筋を反らして、愉悦に塗れた悲鳴を響かせる。

「い……いいっ！　気持ちいい！　ああ……ああ、ああ、あっ！　イック！　スミレもイクッ！　静馬君の精液で……イクのぉっ！　んっは……あふぁあああ」

そのまま、スミレも絶頂に至った。

垂れ目をよりトロンと蕩《とろ》かせ、開けた口から唾液を零しながら、全身をビクビクと震わせる。全身からはより多量の汗が噴き出し、結合部からは失禁でもしているのではないかと思えるくらいに愛液が分泌された。

静馬はそんなスミレを自分からも強く抱きしめながら、肉棒だけではなく全身を痙《けい》攣《れん》させ、精液をひたすら撃ち放ちつづけた。

「はっふ……んふぁああ……はぁっはぁっはぁっ……」

やがて、身体中から力が抜けていく。意識が飛びそうなほどの脱力感に、自分のすべてが包みこまれていった。

「はふぅう……」

同じような虚脱感を覚えているのか、スミレもうっとりと息を吐く。

「す、スミレ姉さん……」

ぐったりしながらスミレを見ると、

「静馬君……んっ」

もう一度、スミレは口づけをしてくれる。

(これ、いい……本当にいい……これが……エッチ……セックスなんだ……)

心が満たされていくような感覚が堪らなく心地よかった。

（でも、だけど……）

夏奏の行為を見てから感じていたもどかしさが完全に解消されたかというと、まだそんなことはなかった。一度だけではまだ足りないと思ってしまう。もっともっと、あのとき夏奏が少年にしていたように、自分のすべてをスミレの本能のままに搾り取ってほしかった。

それを訴えるように、縋るような視線をスミレへと向ける。

「静馬君が感じてくれて、スミレもうれしいよ」

しかし、静馬が向ける感情に、スミレは気づいてくれなかった。

スミレは立ちあがり、ジュボッと肉壺からペニスを引き抜くと、脱ぎ捨てた衣服を身に着けはじめた。

そんなスミレに対し、どんな言葉を口にするべきかがわからない。もっとしてほしい——そう口にしたかった。

でも、それではダメだと思う。

自分から求めてしまったら、その段階でしてほしいこととの剥離が生まれてしまうと思ったからだ。

だから、なにも言うことができない。ただ、口をパクパクさせることとなってしまう。

「ん？　どうかしたの？」

なにかを言いかけていることには気づいたらしく、スミレが首を傾げた。

「え……あの……その……えっと……」

どう答えるべきか迷う。

結果――。

「その……これ、スミレさんと僕、恋人どうしになったってことでいいんですか？」

搾り出すように、そんな言葉を口にした。

その言葉に、スミレは一瞬目を見開いたあと、申し訳なさそうな表情を浮かべた。

「その……そういうことにはならないかな」

「え、どうしてですか。だって僕たち、キスをして……その先まで……」

好き合った男女がしたことをした。それはつまり、つき合うということではないのだろうか。自分はスミレのものになったということではないのだろうか。

犯した少年に対して、夏奏が向けていた表情を思い出す。獲物を捕らえた獣の目だ。

あのときの夏奏と、スミレは違うのだろうか。

それを問うように、まっすぐスミレを見つめながらの問いかけだった。

「たしかに、そうね。うん、そのとおり……でも、スミレは静馬君とはつき合えないの」

　否定するように、スミレは首を左右に振った。

「なんでですか？」

「……えっと、その……たしかにエッチはしちゃったけど、スミレにはカレシがいるの。で、そのカレシのこと好きなんだよね。だから、静馬君とはつき合えない」

「カレシ……ですか……でも、だったらどうしてこんなこと……」

「それはその……静馬君がかわいかったから」

　スミレはバツが悪そうな表情を浮かべ、指で頬をかいた。

「家庭教師のためにここに来た初日、久しぶりに会った静馬君……昔よりずっとかわいくなってた。だからその、そんなかわいい静馬君が感じたりしてる姿を見たいなって思っちゃって……それで、その……ごめんね」

　手を合わせてかわいらしく言う。

　それはつまり、遊びみたいなものだったということなのだろう。夏奏が少年にしたように、静馬を完全に自分のものにしたかったというわけではないらしい。

　そう思った瞬間、静馬の心は急激に冷めていった。

先ほど感じていた充足感はあっさりと消えてしまう。代わりにわきあがってきた感情は、虚《むな》しさだった。

「もしかして、傷つけちゃった？」

スミレがオロオロしはじめる。

「あ、その……そんなことないですよ。大丈夫です」

慌てて、スミレに対して笑ってみせた。

「そっか、ならよかった。で、その……こういうことしちゃったけど、これからも勉強、しっかり教えてあげるから。志望校には合格させてあげる。それに……勉強に集中できないようなら、また今日みたいにスッキリもさせてあげるからね」

静馬の笑みにつられるようにスミレも笑うのだった。

3

どうやら、スミレは自分の思いにかなり正直な人間だったらしい。

彼女のそういったところは、正直好ましかった。

自分の欲望のままに少年を犯した夏奏と本質的なところでは近いのかもしれない。

けれど、スミレは夏奏とは違う。だから、静馬が抱いている焦燥感を完全に解決はしてくれなかった。

(ただするだけじゃ、ダメなんだ。でも、だったらどうすれば僕は満足できるんだろう。このもどかしさから逃げられるんだろう。やっぱり、あの人じゃないと……)

そんなことを考えてしまったせいだろうか、気がつけば静馬は夏奏のアパートへとやってきていた。

ぼんやりと、なんとなく夏奏の部屋の戸を見る。

「——え?」

そこで思わず、声を漏らしてしまった。

理由は単純だ。かけられている表札の名前が変わっていたからだ。

「……二階堂……亮《りょう》……それに……夏奏?」

名前がふたつになっている。

姓も須野原から二階堂へと変化していた。

(どういうことなの。これ、なんで。どうして?)

混乱してしまう。まるで地震でも起きているかのように、視界がぐらぐらと揺れた。

そんなとき、夏奏の部屋の戸が開いた。

中から男性が出てくる。

続いて、夏奏も顔を出した。

ふたりでなにやら楽しそうに会話をしている。

そして最後に「いってらっしゃい」と、夏奏は口にすると、自分からその男性にキスをした。

そんな夏奏の左手薬指には、キラキラ光る指輪がはめられていた……。

第三章　犯されたくて苦しい日々

1

（結婚した……あの人が……）

それはつまり、夏奏があの少年にしたように静馬を自分のものにすることは、もうないということだろう。

静馬にとって本当にショックな出来事であり、数日間ひたすら落ちこむこととなってしまった。

彼女と――玲音と再会したのはそんなときのことである。

「あれ、静馬？」

「え……先輩？」

ぼんやりと公園のベンチに座っていた静馬に、玲音のほうから声をかけてきた。

「久しぶりだね」

「……先輩が学校を卒業して以来だから……もう半年くらいですかね」

「だね。ふふ、あたしに会えなくて寂しかった？」

うれしそうに玲音は微笑む。そういうところは進学前とまるで変わらなかった。ただ、まったく昔と同じというわけではない。

「先輩……けっこう焼けましたね。それに、髪……」

中学時代の玲音は陸上部に所属していたけれど、ここまで日焼けしているという印象はなかった。しかし、今の玲音はかなり黒くなっている。髪の色も黒から茶色に変化していた。

「ああ、髪はその……高校デビューってことで染めてみた。日焼けのほうは……中学の頃よりも本気で陸上がんばってる結果かなぁ。日焼け止めとか塗ってはいるんだけど、どうしても汗で落ちちゃってさ。あんまり焼きたくはないんだけどね。っていうか、もしかしてこれ、似合ってない？」

玲音は心配げな表情を浮かべ、自分の頬を両手で隠す。

「いえ、そんなことはないですよ。すごく似合ってます」

「お世辞はいらないよ」

「お世辞なんかじゃないです。本当にそう思ってます」

「……そ、そっか」

褐色の肌を赤く染めて、玲音は恥ずかしそうにはにかんだ。

だが、そうした姿を見せたのはわずかな時間だけであり、すぐに玲音は表情を引きしめると、

「で、静馬はどうしたの。なにがあった？」

などと尋ねてきた。

「え、それってどういう意味ですか？」

「どういう意味もなにもない。落ちこんでるんでしょ？」

「それは……その、たしかに……でも、なんでわかるんですか」

「そりゃ、わかるよ……だって……」

「だって？」

首を傾げる。

玲音はちょっと困ったような表情を浮かべると、

「そんなことより、なにを悩んで落ちこんでるの」

と、ごまかすみたいに尋ねてきた。

問いかけに対し、答えるべきか迷う。正直に話せるようなことではないからだ。しかし、自分ひとりで抱えていてもただ苦しいだけ。悩みに悩んだすえ——。

「じつは、その……好きだった人が結婚しちゃったんです」

遠まわしな答えを口にした。

「ずっと……ずっとその人のことを思ってたんですけど、気づいたら……」

「……なるほどね」

玲音はかみしめるように呟くと、

「その人に、告白はしたの？」

と、重ねて問う。

静馬は首を横に振った。

「告白なんてしてません。その……あっちは僕のことなんて知りもしなかったんですから。ただ、一方的に僕が思ってただけなんです。って、なんかそんな言い方すると、ストーカーしてたみたいに聞こえちゃいますね。なんかキモいかも」

実際、ストーカーそのものだ。自嘲ぎみに笑ってしまう。

「べつに気持ち悪くなんかない。好きになっちゃうってのは仕方ないことだから。あたしだって静馬の気持ちはわかるよ」

「それって、先輩も好きな人がいるってことですか。告白もできてない……」

「それは……」

玲音は口ごもる。だが、それはわずかな時間であり、すぐに一度「はぁっ」と息を吐いたかと思うと、

「そのとおりだよ」

と頷いた。

「あたしもずっと好きな相手がいるんだ。でも、告白はできてない。フラレたらって考えると怖くてさ。けっこう仲はいいんだ。だからこそ、告白でその関係が壊れちゃうかもって考えるとなぁ」

玲音に好きな相手がいる——少し意外だった。男女関係よりも友達と遊んだり、部活に打ちこんでいたほうが楽しいというタイプの人間だと思っていたからだ。

「そうなんですか。でも、それは……告白したほうがいいと思いますよ」

内心では驚きを覚えつつ、そんなアドバイスをする。

「どうして、そう思う?」

「その……僕の場合は向こうが僕を知らなかったから告白とかそんな感じにはなりようがなかったですけど、先輩の相手は先輩を知っていて仲がいいんですよね。だったら告白したほうがいいと思います。万が一、その相手が誰か別の相手とつき合うことになったら、ぜったい後悔すると思いますから。僕は後悔して落ちこんでる先輩なんか見たくないですし」

「それって……なんで？」

「そんなの、先輩のこと好きだからですね」

男女としての好きとかではない。人として好きだった。

「そ、そっか……」

その答えに先輩は顔を真っ赤に染め、俯《うつむ》く。

だが、玲音はすぐに顔を上げたかと思うと、真剣な表情でまっすぐ静馬を見つめた。

「先輩？」

ふだんとはどこか様子が違う。どうしたのだろうかと首を傾げる静馬に対し――。

「……静馬、あたし……静馬のことが……好きだ」

などという言葉をぶつけてきた。

「――へ？」

まるで想定していない事態に、頭が真っ白になってしまう。思わず間の抜けた声まで漏らしてしまった。聞き間違いではないのだろうか——とさえ考えてしまう。だが、間違いなどではない。それを証明するように、

「あたしとつき合ってほしい。あたしをカノジョにしてほしい」

と、告白を重ねた。

「本気……ですよね？」

「もちろん」

頷くとともに、玲音は昔からずっと静馬のことが好きだったと、言葉をさらに重ねた。心からの思いだということがよくわかる。ただ、なんと答えるべきかがわからない。先ほど自分には好きな相手がいたと話したばかりなのだ。そんな状態で玲音の告白を受け入れたら、フラレたから別の相手に——などと思われても仕方がない。それはなんだか不誠実な気がした。

「フラレたばっかりで、いきなり別の女に——って、悩んでるんでしょ？」

そうした思いを、玲音は簡単に言い当てた。

「なんでわかるんですか？」

「静馬のことならわかるって、ずっと好きだったんだから——ってくらい、あたしは

静馬が好きなんだよ。だからさ、気にする必要なんかない。ってか、気にしないで。その……あたしがその相手のことを忘れさせてみせるから。あたしのカレシに……あたしのものになってっ！」

なんだか男らしささえ感じさせられる告白だった。

あたしのものになって——その言葉が胸に突き刺さる。

（もしかしたら、先輩なら……）

焦燥感を消してくれるかもしれない。胸にくすぶる思いを満たしてくれるかもしれない——そう思った。

だから——。

「……わかりました。そこまで先輩に言ってもらえるなら……」

静馬は玲音の思いを受け入れ、彼女と恋人どうしとなった。

だが、結局、玲音と恋人どうしになっても、静馬の心が満たされることはなかった。

たしかに恋人どうしにはなったけれど、玲音と肌を重ねることはなかったからだである。どう切り出せばいいのかがまるでわからなかったからだ。ふたりの関係は結局キス止まりだった。

そのせいなのだろうか。

静馬が抱く、犯されたいという思いは日に日に大きくなっていった。

一度スミレとセックスをしてしまっているということも大きいだろう。肌を重ねる快感を知ってしまっているからこそ、以前にも増して蹂躙されたいという思いはふくれあがってしまう。

だからこそ——。

「ねぇ、したい？」

家庭教師としてやってきたスミレの誘いを、断ることができなかった。

「……したい……です」

「そっか、それじゃあ……」

スミレによってベッドに押し倒される。ズボンを脱がされ、肉棒を剥き出しにされた。露になったペニスをうれしそうに見つめると、スミレは躊躇することなくそれにキスをしてきた。

「ふっちゅ……んちゅっ」

唇の感触が肉棒に伝わってくる。反射的に腰を浮かせ、肉棒をビクビクと震わせてしまう。

「気持ちいいんだ？」

「は、はい……すごくいいです」

「そっか、そっか……それじゃあ、もっと感じさせてあげるね。んっちゅ、ちゅっちゅっ……ふっちゅぅ……ちゅっれろ……んれろぉ」

啄《ついば》むように肉棒へのキスを重ねる。いや、キスだけではない。舌を伸ばし、亀頭や竿をまるでアイスを食べるときのように濃厚に舐《ねぶ》ってきた。肉棒全体が唾液に塗れていく。舌で裏スジを舐《な》めあげられると、それだけで「あっあっ」と少女のような嬌声《きょうせい》まで漏れ出てしまった。

重ねられる快感に比例するように、肉棒はどんどん膨張していく。亀頭がパンパンに張りつめていく。舐められているだけで射精してしまいそうなほどに心地よい。ベッドシーツをギュッと握りこむ。

静馬のそうした反応をスミレは楽しそうに上目遣いで見つめつつ口を開けると、ためらうことなく肉棒を咥えこんだ。肉棒が口腔に包みこまれる。

「これ、す……すごい！　すごいですっ!!」

下半身がすべて溶けてしまいそうなくらいに心地よい。

「んっふふ……もっと気持ちよくしてあげるからね」

肉棒を咥えたまま微笑むと、スミレは顔を振りはじめた。

「んっぽ、もっじゅ……んっじゅぽ！　じゅっぽ！　むじゅっぽ！　じゅぼっじゅぼっじゅぼっじゅぼっじゅぼぉおっ」

下品な音色が響いてしまうこともまるで気にしない。根元から肉先までを口唇で擦りつつ、頬を窄《すぼ》めてジュルジュルと啜《すす》りあげてくる。まるで精液すべてを吸い出そうとしているかのような口淫だ。腰が抜けそうなほどの愉悦が走る。

「こんなの……ぜんぜん我慢とか無理です！　出ちゃう！　簡単に僕……出しちゃいますぅっ！　うぁああ！　ふぁぁああっ！」

津波のように流れこんでくる快楽に抗えない。両手を伸ばしてスミレの後頭部を押さえると、欲望の赴くままに腰を突きあげた。

「あぽぉおおっ！」

ズンッと喉奥を突かれたスミレが目を見開く。そんな彼女の喉奥に向かって、白濁液を撃ち放った。

一瞬で口腔を満たすほど多量の精液をドクドクと流しこんでいく。対するスミレは最初こそ苦しそうな表情を浮かべていたものの、いやがることなくそれをすべて受け止めてくれる。それどころか脈動する肉竿をよりキュッと口唇で締めてきたかと思うと、最後の一滴まで射精してと訴えるように、ジュルジュルと啜りあげもした。

快感のうえに快感が重なる。

強烈すぎる性感に押し流されるがままに、ひたすら白濁液を撃ち放ちつづけた。

「すご……かったぁあああ……」

やがて全身から力が抜けていく。

「本当に……んふうう……たくひゃん出したね。ほりゃ、あたひの口の中、しじゅま君のしぇーえきでいっぱいらよ」

ぐったりとした静馬にスミレは「んあっ」と口を開け、中にたまった精液を見せつけてきた。そのうえで、躊躇することなく嚥下《えんか》を始める。

「んっぐ……んんんっ……んっふ……んっんっんっ……げっほ、げほっげほっ……はっふ……んんんんっ」

途中濃厚な精液が喉に引っかかったのか、何度もスミレは咳きこんだ。ただ、それでも精飲を止めることはなく、結局すべて飲みほした。

「んっはぁああ……ご馳走《ちそう》様」

口の中が空になったことを見せつける。吐き出す息は、かわいらしいスミレからは想像もつかないほどに精液臭いものとなっていた。

そんな有様に射精を終えたばかりとは思えないくらいに興奮してしまう。ふたたびペニスがガチガチに硬くなった。

「まだまだできそうね。スミレも……早くおち×ちんが欲しい。だからね……ほら、来て……入れてちょうだい」

硬くなった屹立《きつりつ》をうれしそうに見つめながら、スミレはベッドに横になると、自分から両脚を開いた。

クパッと割れ目が開く。

それにより露になったピンク色の肉花弁は、愛液でグッショリと濡れそぼっていた。膣口も大きく開いている。重なり合った襞の一枚一枚が、早く入れてほしいとおねだりするみたいに蠢いていた。

とても淫靡な光景である。見ているだけでも射精してしまいそうなほどの昂《たかぶ》りを感じた。けれど、スミレがそうした姿をさらしてくれていることに、心から喜ぶことができない。

スミレは入れてくれと言っている。自分からしてくれるわけではない——そんな点を本当に残念に思ってしまう。ただ、それでもなんとか勃起は維持し、スミレの求めに応えるように、ジュブッと膣口に突きたてた。

「あっあっ……はぁあああああ」

心地よさそうにスミレは歓喜の悲鳴をあげ、蜜壺でキュウウウッと肉棒を締めつけてくる。ペニスだけではなく、身体中が包みこまれるような感触が気持ちいい。流れこんでくる快感に押し流されるように、静馬は腰を振りはじめた。

「そう、そうっ！　その調子でもっと激しく！　静馬君を……あっあっ！　スミレに刻みこんで！　んんん！　そう！　そうよ！　いいっ！　すごく……いいっ!!」

抽挿に合わせてスミレはどこまでも心地よさそうに喘ぐ。膣奥をズンズンと突くと、そのたびに締めつけもどんどんきついものに変わった。ペニスがつぶされそうなくらいの圧迫感が堪らなく心地よい。とうぜんのように射精衝動もこみあげてくる。抑えこむことはできそうになかった。

「出……る……我慢できません。もう、僕……出しちゃいますっ!!」

「いいよ。出して。今日は……お腹《なか》にかけて」

言葉とともに、スミレのほうからも腰を振りはじめる。もっと奥まで、もっと激しく――そうおねだりしているかのような動きだ。それとともに肉襞で竿を締めつけ、搾りあげてくる。言葉だけではなく、全身で射精を求めている。

「あ、で……出るっ！」

抗えるわけがなく、限界に至る。

快感に全身を震わせながら、挿しこんでいたペニスを引き抜くと、スミレの下腹部に向かってドクドクと白濁液を撃ち放った。

「あっあっ……んぁあああぁ」

白い肌に白い液がかかる。ねっちょりとした濃厚な汁が、スミレの下腹に染みこんでいった。

「はっふ、んふぅう……はぁっはぁっはぁっ……たくさん、出したね」

自分の身体を濡らす精液を見て、スミレは妖艶に微笑むと、それを指で拭い取り、うれしそうに「んっちゅ、ふちゅっ」と口に含んで啜りあげた。

とても妖艶な姿だ。淫靡で、男の本能がくすぐられる。自分がこんな姿をさせているのだと考えると、なんだか胸が高鳴るのを感じた。一瞬だけれど、いつも感じているもどかしさも消える。

ただ、それは本当に一瞬だけのことであり、すぐさま感じることができた充足感以上の虚しさを覚えてしまう。

とても気持ちよかったはずなのに、足りない。もっとしたい——そんな思いばかりがどうしようもないくらいにふくれあがった。

「どうかしたの？」

不思議そうにスミレが首を傾げる。

「いえ、その……なんでもないです。すごく、気持ちよかったです」

そんな彼女に対し、静馬は無理やり笑みを浮かべてみせるのだった。

2

「どうかしたの。なにか悩みごとでもあるの」

デートの最中、玲音がそんなことを尋ねてきた。

「え、ああ……その、べつになんでもないです」

ごまかし、笑いを浮かべる。

セックスで満足できないから——などと恋人に話せるわけがないからだ。

「そっか……まぁその、静馬が話したくないならそれでいい。でも、いつだってあたしは相談に乗ってあげるからね」

静馬がごまかしていることに、玲音は気づいてくれているらしい。それがありがたくも、申し訳なかった。

（先輩は僕を思ってくれてるのに、僕はなにをしてるんだ）

やっぱりスミレとの関係は終えるべきだろう。夏奏のことも思い出してはいけない。

変な欲望を持ってはいけない——そう強く考える。

けれど、ダメだダメだと考えれば考えるほど、欲望をより大きくふくれあがらせてしまう。


そんな状態で、街をひとりで歩いていたある日——。

「ねぇ、キミ……ひとり？」

ひとりの女性に声をかけられた。

静馬よりも五歳くらい年上に見える女性である。

「え、はい、そうですけど、なんでしょう？」

頷くと、女性はうれしそうに笑い、

「暇？　だったら私と遊ばない？　キミ、けっこう好みなんだよね」

などと口にしてきた。

そして気がつけば静馬は、その女性とともにホテルへと……。

（先輩、ごめん。でも、もしかしたら、この人なら僕を満足させてくれるかもしれな

いから。満足さえできればきっと、思い悩むことだってなくなるはずだから）

心の中で、玲音に言い訳する。

そんな静馬の思考になど、とうぜん気づくことなく、女性は躊躇なくキスをしてきた。ただのキスではない。最初から遠慮することなく、口腔に舌を挿しこんでくる。ねっとりと口内をかきまぜてくる。

「どう……キス、気持ちいい？」

唇を唾液で濡らしながら、熱い吐息まじりの声で尋ねてくる。

「はい……気持ちいいです」

否定なんかできない。ガチガチに肉棒を硬く滾らせながら、素直に頷いた。

「だよね。でも、この程度で満足なんかしないでよ。本番はここから……もっとキミを気持ちよくしてあげるからね」

女性はそう言うと、ためらうことなく服を脱ぎ捨てた。

スミレのものよりも大きな乳房が露になる。ツンと上向いた胸だ。Dカップはあるかもしれない。乳輪は少し大きめで、少し黒ずんでいる点が、なんだか下品である。

でも、その下品さに興奮が高まるのを感じた。

「おち×ちん、もっと大きくなった。キミ、かわいい顔をしてるのに、こっちは本当に逞《たくま》しいんだね。こんなの見せられたら私、我慢できなくなっちゃう。だから、いいよね？」

そう言うとともに、女性は静馬の身体をベッドに押し倒し、跨がってきた。剥き出しになった秘部が、グチュッと肉先に密着する。

「いただきます」

そのまま、腰が落とされた。

「あっあっ……んぁああああ」

女性の秘部に肉棒が呑みこまれていく。キュウウウッと肉竿が蜜壺によって締めつけられた。

「んっふぅう……はふぁああ……これ、気持ちいい。んっんっんっ……おま×こ、すっごく感じる。どう、キミも気持ちいい？」

「は……い、気持ち……いいです」

スミレの膣よりも締めつけは緩い。けれど、全体をフワフワと包みこんでくるような感触が心地よい。肉悦を訴えるように、ビクンッビクンッとペニスを震わせる。

「はぁああ……動いてる。私の中でキミのおち×ちんが……本当に感じてるみたいだね。でも、まだまだ、これからだよ。本当に気持ちがいいのはここからなんだから。

さぁ、行くよ」

言葉とともに、女性は腰を振りはじめた。亀頭に子宮口を吸いつかせながら、パンパンパンッという音色が響くほどの勢いで腰をたたきつけている。女を犯す男のような勢いだ。

「どう、こうやって、おま×こでおち×ちん犯されるの……気持ちいいでしょ？」

「は……い！　はいぃぃいっ！」

犯されている。犯してもらっている――喜びがふくれあがってきた。

（このまま……搾り取ってほしい）

自分のぜんぶを容赦なく――などという感情がわきあがる。

そうした思いに応えるように、女性はただただ欲望のままに腰を振りつづけてくれた。動きに合わせて、どんどん肉棒に刻まれる快感がふくれあがる。

「出ます。これ、出ちゃいます」

我慢なんかできそうにない。

「出したいんだ……それじゃあ」

すると、女性は一度動きを止め、肉棒を引き抜くと、ベッドに横になった。

「射精まではキミが好きなようにして」

「え……あ……」

女性の態度に、昴りが急速に冷めてしまう。

「どうしたの。ほら、来て」

しかし、それを口にはできない。女性に恥をかかせてしまうような気がしたからだ。だから、萎えた心を押し隠し、改めて自分から女性の秘部に肉棒を挿しこみ、ピストンを行った。

「んっは！　あはぁあ！　そう！　それっ！　そんな感じ！　もっと激しく！　もっと奥まで突いて！　そのまま、私のいちばん奥で……射精……してぇ」

静馬の突きこみに合わせて身体を揺らし、結合部からはビュッビュと愛液を飛び散らせながら、女性が中出しを求めてくる。

「だ、出しますっ!!」

応えるようにズンッと肉棒を根元まで挿入し、射精を開始した。

「あああ……んっは！　すごっ！　い、イクっ!!　あっあっ……あはぁああ」

それを受け、女性も達した。

幸せそうな表情を浮かべながら、腰を浮かせて全身をビクつかせる。本当に気持ちよさそうな姿だ。充足感が伝わってくる。そのことに羨ましさを感じながら、最後の一滴まで精液を撃ち放ちつづけた。

「それで、その……どうして僕に声をかけたんですか？」

行為の終了後、女性に尋ねた。

「どうしてって……キミがかわいかったからかな。キミ、モテるでしょ？」

「え……いや、そんなことはないですけど」

「いやいや、ぜったいモテるって。うーん、思うにキミ、今日みたいにひとりで街を歩く、みたいなことはしてこなかったんじゃないかな。たぶんだけど、街をひとりで行動すること増やせば、私みたいに声をかける子がぜったい出てくると思うよ。本当にキミってかわいいからさ。かわいい子とセックスできて、気持ちよくなれて……ホント満足よ」

女性が笑う。

その笑みを見つめながら——。

（この人が言ってること本当なのかな。もしそれが本当なら……）

今日は満足できなかったけれど、いつか自分を満足させてくれる人に出会うことだってできるかもしれないなどと、静馬は考えるのだった。

3

女性の言葉は間違ってはいなかった。

あの日から、たまに街をひとりで行動することになったのだけれど、その結果、静馬は何人もの女性たちに声をかけられ、彼女たちと関係を持つこととなった。

しかし、何度しても、どれだけの女性たちと関係を持っても、やはり静馬の心が満たされることはなかった。

積極的に自分から声をかけてきてくれる女性たちである。みんなセックスはかなり積極的だった。静馬が望むとおり、静馬を犯したりもしてくれた。だが、あの日見た夏奏のように、自分の本能すべてを曝《さら》け出してくれる人はいなかった。

(何人としても……誰としてもダメ。これじゃあ、ただ浮気してるだけだ)

もどかしさと玲音に対する申し訳なさが耐えがたいほどにふくれあがる。

けれど、やめられない。満足できないのに、セックスはしたいと思ってしまう。いや、満足できないからこそと言うべきだろうか。

(ホント、僕って最低だ)

そんなことを考えながら、夜の街を家に向かって歩いているとき、ひとりの女性が道端に蹲《うずくま》っているのを見つけた。

「あの、大丈夫ですか？」

背中をまるめてしゃがみこんでいる。具合が悪いのだろうか。放ってはおけずに声をかける。

「べつに、大丈夫……」

静馬の問いかけに、女性はぶっきらぼうに答えると、ゆっくりと立ちあがった。が、すぐにふらつき、倒れそうになる。足下がおぼつかないようだ。慌てて静馬は女性の身体を支えた。

「悪いわね……」

「いえ、その……放ってはおけませんから」

答えながら女性を見る。

歳は三十才くらいだろうか。髪は背中まで届くロングストレートの黒髪である。身に着けている服はスーツだ。たぶん会社員なのだろう。

「ありがと……でも、ホント大丈夫だから。ただちょっと飲みすぎただけだからさ。気にしないで」

そう言って、女性は静馬から離れようとする。

「ダメです。倒れちゃいますよ。だから、遠慮しないでください」

先ほどのふらつきを見れば、まともに歩くことができないということは明白だ。だから、女性をがっちりとつかむ。

静馬のそうした行動に、女性は少し迷うようなそぶりを見せたものの、結局、

「それじゃあ、甘えさせてもらうわ」

と、口にした。

「はい……それでその、どこに行きますか。病院とか……」

「……家に帰る。あっち……」

女性が指をさす。

静馬はそちらに向かって女性とともに歩き出した。

「ここが私の部屋……」

マンションの一室に入る。ひとりで暮らすにはそこそこ広い部屋だった。掃除も行き届いている。道端で酔いつぶれそうになっていた女性の部屋とは思えないほどにきれいだ。

「ああ、気持ち悪い」

その女性——ここに来るまでの間に聞いたのだが、名前は柊木桜《ひいらぎさくら》というらしい——は、リビングのソファに座り、ぐったりとする。

「えっと、その……お水、汲《く》みましょうか？」

「……ああ、うん。お願い」

酔っているせいか、桜にはあまり遠慮というものがなかった。ただ、それくらいのほうが、静馬としても相手がしやすい。言われるがまま水を汲み、差し出した。桜はそれを飲みはじめる。少し気分がよくなったのか「ふううう」と大きく息を吐いた。

「ありがとね。助かった」

「いえ、その……お礼を言われるようなことじゃないですから。それより、あんまり長居するのもあれですし、そろそろ僕は……」

部屋を出ようとする。

ふと、そこで棚の上に置かれた一枚の写真に気がついた。

写真にはひとりの男性が写っている。

（え……この人って……）

静馬はその男性に見覚えがあった。

二階堂亮——夏奏の夫である。

結婚したことを知ったあとも何度か夏奏の部屋には行っているのだ。そのときに亮の姿も何度か見ている。見間違いなんかではない。

「どうかしたの？」

少し落ち着いたらしい桜が、首を傾げる。

「えっと、その……そこの写真の人って、柊さんの恋人ですか？」

できるかぎり動揺を表に出さないように、平静を装いながら尋ねた。

「ん……ああ、違うわよ」

「……それじゃあ、お兄さんとかですか？」

重ねて問うと、桜は首を左右に振ったうえで「会社の同僚」と、どこか不機嫌そうに、ぶっきらぼうに答えた。

「同僚……え、でも、だったらどうして……って、もしかして」

家族や恋人でもない、ただの同僚の写真を飾る――それはつまり、桜が亮に対して特別な思いを抱いているということではないだろうか。それを問うような視線を向けると桜は、

「キミが思ってるとおりよ」

と頷いた。

「……告白とかはしないんですか？」

「できないわよ。その人……結婚してるから」

それは静馬も知っている。

亮の相手は夏奏だ。

考えた瞬間、胸がズキッと痛んだ。

ただし、それを表情には出さぬまま「でも、告白くらいなら」と言葉を重ねる。

「ばかなことを言わないでよ。そんなことできるわけないでしょ。結婚してることを知ってるのに、告白なんか……下手したら職場にいられなくなる。相手の家庭を壊すことにだって……」

「でも、好きなんですよね。だったら、気持ちを伝えるくらい……」

そう口にしつつ、写真を手に取った。

「アンタみたいな子供にはわかんないことなのよ」

すると桜はかなり激高した様子で立ちあがると、無理やり静馬の手から写真を取りあげようとした。静馬は渡すまいと逃げようとする。結果、ふたりの身体がもつれ合い、床に倒れることとなってしまった。

「まったく、わかったような口を聞くんじゃないわよ」

静馬の上に跨がるような体勢となった桜が、写真をもぎ取るように手にした。

出会ったときからのやりとりでわかっていたことではあるけれど、桜はかなり攻撃的な性格らしい。

(もしかしたら……この人なら)

自分の不満を解消してくれるかもしれない。

だから——。

「えっと、その……ごめんなさい」

今にも泣き出しそうな表情で、静馬は桜を見た。

瞳を潤ませ、唇を窄める。まるで小動物が肉食獣を前に怯《おび》えているような顔を、意図的に作った。そんな状態でじっと桜を見つめつづける。縋るような視線とでも言うべきだろう。

そのうえで、ペニスも勃起させた。桜の腰に控えめだけれど押しつけたりもする。

とうぜん桜はそれに気づき、わずかだけれど、ビクッと身体を震わせ、まじまじと静馬を見つめた。

そんな桜に、静馬は視線だけを返す。ただふたり、黙って見つめ合った。

これは何人もの女性たちと関係を結んできたことで学んだ誘惑方法である。女性に対してどこか頼りなさげな姿を見せることで、その欲求を刺激するという方法だ。何人もとセックスしてきたからこそ、自分にはそんな魅力があるんだと、静馬は学んでいた。

(たぶん、きっと桜さんにも……)

通用するはず。

ただ、沈黙だけが続く。室内にはカチカチという時計の音色だけが響きわたった。

しばらくそんな状態が続いたあと、桜は静馬から奪い取った亮の写真を置いた。静馬の両手を自身の手で押さえこむ。そのまま、キスをしてきた。

「んっ……んんんんっ」

強く唇が押しつけられる。少し痛みを感じるほどだ。だが、その痛みが静馬には少しうれしい。それだけ自分を求めてくれているのだと考えると、とてもゾクゾクしてしまう。ただでさえ勃起していたペニスが、より硬く、熱く滾るのがわかった。

肉棒の変化には、とうぜん桜だって気づいているだろう。肉棒に押しつけられる腰の圧力が増してきた。

ペニスを押しつぶさんばかりに圧迫しつつ、桜はキスを続ける。ただ唇を押しつけてくるだけではなく、舌を口内に挿しこんできた。口の中を本能のままにといった感じでかきまぜてくる。

「んっちゅ……むっちゅる……んちゅる……ちゅっちゅっ……ちゅるるるるぅ」

舌に舌がからみついた。歯の一本一本が舌先でなぞられる。舌粘膜どうしを擦り合わせつつ、ジュルジュルと口腔を吸いあげもしてきた。静馬の唾液が啜られる。静馬のすべてを吸い出そうとしているのではないかと思うほどに、濃厚なキスだ。

とうぜん、桜の酒臭い吐息が口の中に流れこんでくる。酒になじみがない静馬にはあまりいい香りとは思えなかった。けれど、そう言う点がとても生々しく、より興奮が刺激され、さらにペニスがふくれあがる。

すると桜は一度重ねていた唇を離し、身に着けていたスーツを脱ぎ捨てた。

黒いブラと黒いショーツが露になる。下着は高そうなレース製だ。透けた生地から肌がのぞき見えている様がとても淫靡である。

胸は大きい。手のひらに収まりきりそうにないほどのサイズである。ブラからは、はっきりと谷間がのぞき見えていた。ただ、胸は大きいけれど、モデル体型というわけではない。実際、露になっている下腹部には少し肉がついていた。ぽっちゃり体型と言うべきだろう。ただ、余った肉がショーツに乗っている有様が、いやらしさを際立たせている。少しだらしないと言ってもいい体型に、興奮がくすぐられる。

自然と静馬の吐息も荒いものへと変わっていった。

そうした変化にあと押しされるように、桜は下着も脱ぎ捨てる。ブルンッと乳房と秘部も剝き出しとなった。

Gカップはありそうな胸の乳首は陥没している。それでいて、乳輪が大きい。なんだかすごく下品な胸だ。

秘部のほうもスマートとは言いがたい。アンダーヘアがほとんど手入れされていないように見えた。

しかし、そうした姿が桜の色香を増幅させる。見ているだけで射精してしまいそうなほどに、肉棒が昂っていった。

そんな静馬の興奮に、桜は気づいている。無言のままズボンに手をかけると、容赦なく脱がされた。下着も剝ぎ取られ、肉棒がビョンッと跳ねあがるように露になる。

亀頭はパンパンだ。肉茎には血管が何本も浮かびあがっている。ペニス全体が呼吸するように、ヒクッヒクッとゆっくり蠢いた。

そんなペニスを、瞳を潤ませながら見つめつつ、桜はそっと肉竿に手を添えてきた。

「は……はううっ」

触れられただけで、電流のような刺激が走り、思わず声を漏らすとともに、全身を震わせる。ペニスも、何度も痙攣した。

肉棒が見せるそうした反応に、たぶん無意識のうちに桜はペロッと舌舐めずりをしたかと思うと、ためらうことなく肉先に膣口を密着させてきた。触れたとたん、ヒダヒダが亀頭に吸いついてくる。溢れ出した女蜜で、肉棒全体がグッチョリと濡れた。

「やめてください、こんなこと……」

本当は挿れたい。しかし、あえて行為の中断を求める。

「ダメ。もう止まれない。それに……アンタだってしたいんでしょ。だから……」

もちろん、静馬の訴えで桜が止まることはなかった。それどころか、この状況から逃れようとする静馬の姿に劣情をさらに高めたらしく、秘部からより多量の愛液を分泌させる。膣口をクパアッと開くと——。

「あっあっ……はぁあああああ」

本能の赴くままにといった感じで腰を落とし、肉棒を蜜壺で咥えこんだ。

「入ってきた……おち×ちん、んんんん！　これ……いいっ！　ああっ、いいわ！　すごく……いいっ」

気持ちよさそうに、うれしそうに桜が喘ぐ。

「うっく……締めつけられる！」

ヒクヒクッと肢体を震わせた桜の動きに連動して、肉壺が締まった。ペニスが引きちぎられそうなくらいの圧迫感が走る。呼吸さえも詰まってしまいそうなほどだ。だが、それが快感となって全身を駆けめぐる。

「すごい！　気持ち……いいっ！　こんなの僕、すぐ出ちゃう！　我慢……できない！　あっあっ……はぁあああ」

強烈な射精欲求までこみあげてきた。

「いいわよ。出しなさい。出したいなら出すの。私の中に……ほら！　ほらっ！　んっく、ふくぅうう！　んっんっんっ……んんんんっ」

静馬の絶頂をあと押しするように、桜が腰を振りつづける。パンパンパンッと腰と腰がぶつかり合う音色が室内中に響きわたるほどの勢いだ。

「激しい！　こんなの激しすぎます！　無理！　こんなにズンズン……あああ、簡単に出ちゃう！　ホントに我慢、無理ですぅ！」

抽挿の激しさに比例するように、ペニスがどんどん熱くなってくる。根元から肉先に向かってこみあげてくるものを、抑えこむことなどできそうにない。

「来なさい！　さぁ、来るのよっ!!」

「あっあっあっあっ！　はぁあああああ！」

責められるがままに悲鳴を響かせる。視界が、弾ける快感で真っ白に染まった。それとともに静馬は全身を震わせ、ペニスから精液を撃ち放つ。

「はっ！　んっ！　はっふ、んんんんっ！　あんんんんっ!!」

まるで蛇口をひねった水のように精液が溢れ出す。桜は肉棒を引き抜くことなく、それをすべて子宮で受け止めた。

「熱い……あああ……いいっ」

背筋を反らし、首筋をさらす。白い肌を桃色に染め、全身を甘ったるい香りがする汗で濡らしながら、心地よさそうに快感に打ち震えた。

「すごい……」

射精後の脱力感に静馬の全身が包みこまれていく。全力疾走したあとみたいな疲労感だ。意識だって遠のきそうになってしまう。

「まだ、まだよ。まだっ！」

しかし、桜は満足してはいなかった。

「もっと……私を感じさせなさい」

そんな言葉とともに、すぐさま腰を振りはじめる。休む暇など与えないというような動きだ。

「ちょっ！　だ、ダメですっ！　ダメですよォ！　こんな続けてなんて無理です！　む、り、だから……止まって……止まってくださいぃっ!!」

達したばかりで肉棒はかなり敏感になってしまっている。少し腰を動かされただけで、全身の快楽神経を直接撫でられているかのような刺激が走った。頭の中をかきまぜられているような錯覚さえ抱いてしまう。

「そんなこと言われも……無理っ！　アンタのおち×ちんが気持ちいいのが悪いんだから！　それに……んっく、はふぅう！　アンタだって本当はもっと……もっと……んっんっんっ！　気持ちよくしてほしいんでしょ？　だから、だから止まらない！　もっとアンタのおち×ちんを……おか、すのぉっ！　あっあっあっあっ！」

女性というよりも一匹の獣だ。本能のまま、腰を繰り返し打ちつけてくる。

（ああ、これ、これだ！　これ！　僕は……僕はずっとこうしてほしかったんだぁ）

これまでもたくさんの女性たちに犯されてきたけれど、ここまで本能を剝き出しにしてくれた人はいなかったかもしれない。

心の中に歓喜がひろがる。

とうぜん、その喜びは肉棒へと伝わり、さらに屹立全体が膨張していった。

「まだ、大きくなる。私の中がアンタのおち×ちんで……いっぱいに……なる！　はぁあ！　これ！　これよ！　これが欲しかったの！　これっ！　んんん！　もっと……もっとよ！　もっと……私に刻みこみなさいっ!!」

桜が腰を左右に振った。同時に静馬の乳首に唇を吸いつかせてくる。腰を打ち振るいながら、貪るように胸を啜ってきた。

「はぁああ……出っる！　また……出るっ！　無理です！　我慢なんて無理！　こんなの……僕、またぁっ!!」

どこまでも貪欲に求められて我慢できる男なんかいない。またしても射精衝動がこみあげてくる。抑えこむことなどできず、流されるがままに、ふたたび桜の膣奥に向かって精液を撃ち放った。

「んんん！　あっふ、はふぁあああ！　また、来た……これ、イクっ！　あっあっ！　わ、たしも……イクぅっ!!」

絶頂に合わせて桜も達する。髪を振り乱し、乳房を揺らし、秘部からは失禁でもしているみたいに愛液を垂れながしながら、歓喜の悲鳴を響かせた。

「す、すごい……」

最初の射精時よりも強烈な気怠《けだる》さに襲われる。

（でも、だけど……）

もっと犯してほしい。もっともっと本能のままに自分をめちゃくちゃにしてほしい

――そんなことを考えてしまう。

ほとんど無意識のうちに、おねだりするみたいな視線を「はぁっはぁっはぁっ」と肩で息をする桜へと向けた。

静馬の向けた視線にもちろん気がつく。

瞬間、桜はどこまでも、心の底からうれしそうな笑みを浮かべた。

そしてさらに、静馬に対する凌辱《りょうじょく》を続けてくる。

それは決して挿入だけではなかった。

「ほら、こんなのはどう？」

ときにはその大きな乳房でぐったりとした静馬のペニスをギュッと挟みこんだ。やわらかな肉で竿が圧迫される。すべすべとした肌が肉槍に吸いついてくる。膣への挿入時に感じた締めつけとは違う。全身が乳房で包みこまれるような感覚に、肉棒と身体を震わせながら「はぁあああ」と歓喜の吐息を漏らした。

桜はそうした静馬の反応を観察しつつ、乳房を蠢かして肉竿をしごきはじめる。激しい動きで刺激されたのか、陥没していた乳首も勃起しはじめた。ブドウみたいに大きなコリコリとした乳頭でもペニスを刺激してくる。同時に谷間から顔をのぞかせる

亀頭に唇を寄せてきたかと思うと「はむっ」と躊躇なく咥えこんできた。

「んっじゅ！　じゅるる！　ふじゅるるるるぅ！」

乳房の攻めと、口での吸引が同時に行われる。

「あああ、無理！　これ無理ぃいいっ!!」

快感に快感が重なるような刺激だ。抗うことなどできない。数度竿をしごかれ、亀頭を吸われただけで、あっさりと静馬は限界に至る。悲鳴と同時にまたしても静馬は射精してしまった。

「むっふ！　んんんっ！　んむぅううっ!!」

撃ち放たれた精液を、桜は避けることなく顔で受け止める。ドビュドビュと溢れ出した白濁液によって、まるでパックでもしたみたいに桜の顔が白く染まった。胸も精液でべっとりと汚れる。だが、桜はまるで気にするようなそぶりは見せない。

「また……こんなに出た」

顔にこびりついた精液を、桜は指で拭い取ると、ためらうことなく口に含んだ。

「ふっじゅる……じゅるるるるぅ」

あえて下品な音色を立て、静馬に見せつけるように精液を啜る。

普通の女性からは考えられないほど性欲に塗れた姿だ。静馬のペニスは何度も射精を終えたあとだというのに、萎えるどころかもっと大きくなっていく。

そんな肉棒を、桜は休む間もなくふたたび胸でしごき出した。

もちろん、胸だけで行為は終わらない。

「今度は……こう……んっも、もふっ！　んもふぅぅう」

根元まで口で咥え、頭を振りはじめる。

ペニス全体を吸われながら、ジュボジュボと数度竿を擦られると、それだけでまた静馬は射精してまった。

そのような調子で、何度も何度も、精液を絞られつづけた。

「今度はまた……おま×こに出しなさい！　あっあっ！　んあああぁ」

口で、胸で――。

膣で、ひたすら嬲《なぶ》られる。

蹂躙はあまりに激しすぎて、快感よりも苦しさを覚えてしまう。

ただ、それでも――。

（すごい！　すっごい！　これ、これだ！　これなんだぁああ!!）

心から喜んでしまう静馬なのだった。

「ああ……出る！　出るぅううぅっ!!」

これで何度目になるかもわからない絶頂へと至る。

「来た！　また……また、こんなにたくさん！　あっあっあっ……イック！　また……イクッ!!　んぁああ……ふぁあああああっ」

シンクロするように、静馬に跨がった桜も、ふたたび絶頂する。

そしてそのまま、愉悦に呑みこまれるように意識を失った。

4

（あ、あれ……えっと……）

目を覚ます。

視界に飛びこんできたのは見なれない天井だった。一瞬、自分がどこにいるのかがわからなくなる。だが、すぐに意識は覚醒した。

（そうだ、ここ……桜さんの家で……）

桜との行為を思い出す。

快感のまま意識を失った。そのあと、たぶん桜がベッドルームへと静馬を運んでくれたのだろう。

（それにしてのも……すごかった……）

最高の快楽を得ることができた。ずっと求めていたものを得られたような気がした。桜ならばずっと胸の奥にある欲求を解消してくれるかもしれない。そうすれば自分は普通の恋愛だってできるようになるかもしれない。

そんな希望を胸に抱きながら、身を起こし、リビングへ移動する。

そこには想定どおり、桜がいた。

ただ、彼女は――。

（写真……見てる……）

亮の写真を見ていた。

どこか遠い目をしながら、お酒が入っているだろうグラスを傾けている。

その姿を見た瞬間、桜の思いがまだ亮へと向かっていることに気がついた。

「あの、桜さん……」

震える声を向ける。

「……ああ、目が覚めたのね」

桜の視線が向けられた。

その目を見ればわかる。桜の目は他人を見る目だった。思い人や所有物に向ける目ではない。

とたんに、先ほどまで感じていた充足感が霧散していった。

「その……そんなにその人のことが好きなんですか？」

少しためらいながらも尋ねた。

その問いに対して、桜は少しだけ身を固くしたあと「ごめんなさい」と謝罪した。

それが答えなのだろう。

（この人でも、ダメなんだ……）

心が萎《しぼ》んでいった。

やはり夏奏でなければ、自分は満足できないかもしれない。

（でも、夏奏さんは結婚してる。好きな相手がいるんだ）

それはつまり、夏奏だって自分を見てくれない可能性がある。

（だけど、夏奏さんだったら違うかもしれない。だって、あの人は……）

ときおり観察してきた夏奏を思い出す。

とうぜん亮とともにいる姿だって何度も見てきた。

夏奏が亮へ向けていた表情は、あのとき少年を犯していたときに見せていたような、いきいきしたものではなかった。どこか、なにか我慢しているような表情だった。

（もし、夏奏さんが我慢しているなら、満足できていないのなら……）

自分を見てくれる可能性は高い。

（となると……）

夏奏が自分を襲うようなシチュエーションを作る必要がある。そこまで思考し、気づけば静馬は——。

「だったら、気持ちを伝えればいいんですよ」

桜に対して、そう口にしていた。

「——え？」

驚きの表情を桜が浮かべる。

「伝えればって、そんなことできるわけ……」

「でも、好きなんですよね。好きな相手に見てもらえないことがつらいんですよね。だったら、伝えたほうがいいです。それで相手があなたを見てくれるなら、それってすごくいいことじゃないですか。それに、たとえフラレたとしても……桜さんは前を見れるようになるかもしれない。だったら、黙っているよりはずっといいです」

ためらいを見せる桜に、畳みかけるように言葉を向けた。

「それは……」

桜は黙りこむ。

静馬が言うとおりかもしれない——表情がそうした桜の思考を物語っていた。

「ただ、気持ちを伝えるだけなんです。べつに我慢する必要なんかないんですよ」

それでもし、亮が桜へと心を寄せれば、夏奏に近づく隙ができる。

桜がフラレた場合は——。

（この人を慰めてあげればいい。そうすれば、この人は僕を見てくれるようになるかもしれない……そうすれば……）

夏奏ではないけれど、抱いている焦燥感を、桜が消してくれるかもしれない。

（最低だ。僕は自分を満足させることしか考えてない。本当に最悪。だけど、この苦しい感じ……耐えられないんだ。だから……）

桜には動いてもらう。

ジッと桜を見つめる。

対する桜は、持っていたグラスを置くと——。

「たしかに、キミが言うとおりかもね」

そう呟くのだった。

それから半年後、ちょうど入学試験が終わったあたりで、静馬は見た。

街を並んで歩く桜と亮の姿をだ。

ふたりの間には少し距離感があったけれど、そのまま迷うことなく、ホテルへと入っていった。

(ああ、そうなったんだ……だったら……)

ふたりが消えていったホテルを見ながら、静馬は自分を犯す夏奏の姿を夢想するのだった……。

第四章　犯される計画

1

――そして、現在。

（まさか……担任になるなんて）

教壇に立つ夏奏を見つめる。こんなことがあるのかと、正直驚いた。

（でも、これは運がいい）

入学後、夏奏に近づく方法はこれまでもいろいろ考えてはきていたけれど、だいぶ難易度は落ちたと考えてよいだろう。生徒と担任――その関係だけでかなり距離は近いのだから。

（でも、それだけじゃダメだ。夏奏さんにとって今の僕はたくさんいる生徒の中のひとりでしかない。もっと近づかないと。僕は夏奏さんにとって特別な存在にならないといけないんだから）

夏奏にとって唯一無二の存在となる。

どんなことをしても夏奏が手に入れたがるような相手になるのだ。

夏奏が自分の理想の責めをしてくれる存在だということは間違いない。しかし、ただ責められるだけではダメなのだ。静馬は自分の所有物だと夏奏には思ってほしい。

つまり、静馬の存在を特別だと認識させなければならないのだ。

そのためにするべきことは……。

2

「で、静馬は部活、決めたの？」

入学式から一週間ほどがすぎた昼休み、学校の中庭でいっしょに食事を取っていた玲音が、どこかそわそわした感じで尋ねてきた。自分と同じ陸上部に静馬が所属してくれるのかどうか――それを気にしているのだろう。

そうした姿に、胸が痛む。

玲音に対しては申し訳ないことばかりだ。

(僕が普通じゃないから……)

玲音との行為で満足できない。静馬のことばかり考えてくれていることは最高にうれしい。しかし、思いはあっても静馬が求めるケダモノのような責めはしてくれない。満足できる責めはしてくれたけれど、思いがなかった桜とは逆のパターンとでも言うべきかもしれない。

(すみません)

心の中で謝罪しつつ、

「映研に入ることにしました」

と答えた。

「え、あ……そうなんだ」

みるみるうちに、玲音の表情は落ちこんだ色に染まる。

「でも、映研か……静馬って映画好きだったっけ？」

「……それなりには」

実際、嫌いではない。

ただ、大好きかと言われるとそういうわけでもなかった。好きでも嫌いでもないというのが正しい答えだ。それでも映研――映画研究部を選んだ理由は、顧問が夏奏だったからである。

「そっか、そうだったんだ。けっこう、つき合いはじめて長いけど、知らなかったな。案外わかんないことってまだまだあるもんなんだね。ふふ……うん、わかった。だったら、そこで知った映画のことをあたしにも教えて。静馬といっしょに楽しみたいから」

「もちろん、そのつもりですよ」

罪悪感を抱きつつも、玲音に対して笑みを浮かべてみせた。

「よろしくお願いします」

職員室にて、静馬は夏奏に入部届を提出した。この学校では部活に入るとき、部長か顧問に届け出ることになっている。とうぜん、静馬は顧問である夏奏を選んだ。

「ん？　ああ、入部届ね。はい、わかりました」

夏奏は笑顔で受け取ってくれた。

鈴の音のような、きれいな声だった。

（目の前に夏奏さんがいる。僕のすぐ前に……）

これまでは遠くから観察するしかなかった。でも、今は直接話をしている。

なんだか緊張してしまう。手汗だってかいてしまう。

しかし、そうした感情や動揺は必死に押し隠した。夏奏に不信感を抱かせてはならない。

「……伊達君は、映画が好きなの？」

書類に目を落としつつ、なにげなく夏奏が尋ねてきた。静馬が硬くなっていることには気づいていないようだ。

「べつに、それほど好きってわけじゃないです」

玲音のときとは違い、素直な気持ちを口にする。できるかぎり夏奏には嘘をつきたくなかったからだ。ただ、べつにそれは好きな相手だからとかいうきれいな理由なんかではない。そのほうがたぶん、夏奏が自分を見てくれる確率を上げられると、合理的に考えたからである。中学時代から何人もの女性たちと関係を持ってきたことで覚えたテクニックのひとつだ。

「――えっ、好きじゃないの？」

書類から目を離し、少し驚いたような表情で静馬を見る。

「だったら、どうして映研に？」

「その……嫌いってわけでもないんですよ。だから、その……たくさん見れば好きになれるのかなって。ちょっと興味はあったんです」

「ああ、なるほどね。まぁ、その気持ちはわかるかな。先生も最初はべつに好きだったから見はじめたってわけじゃないし。でも、見はじめたら、案外おもしろくて、で……気づいたら学校で部活まで作っちゃってたってわけ」

イタズラっ子みたいに、夏奏は笑う。

「そうなんですか。映研って……先生が作った部活なんですね」

切れ長の目で、整った顔立ち――夏奏はとても美人だ。けれど、笑うとなんだか少女のようにも見えてかわいらしい。これまで知らなかった一面に、胸が少しドキッとしてしまう。

「うん、そういうわけだから、あんまり伝統ある部活じゃないのよ。それに、観《み》る専門で作ったりもしない。それでもいいのね？」

「はい。作るほうには興味とかないですから。僕はただ映画を観て、楽しめるだけでいいんです」

「その気持ち、先生もよくわかるわ。うん、それじゃあ、よろしくね」

「……はい」

夏奏が自分に微笑みを向けている――そうした現実に、なんだか目頭が熱くなってしまった。

(でも、これは始まりだ。ここからが、がんばりどころ。夏奏さんに僕を意識させる。僕のことばかりを考えるようにさせる。そして、心から僕が欲しいと思わせるんだ)

そして、あの日の少年のように犯してもらう。

(違う。あのときのあの子よりも、もっと……)

そのために夏奏の興味を引く。

(夏奏さんが、僕のことだけを考えるようにするんだ。なにをしてでも)

そんな思いのままに、静馬は積極的に夏奏に自分から声をかけるようになった。

夏奏が授業に必要な荷物を運んでいれば手伝いをしたし、生徒たちが騒いでいて夏奏が困っているようなら、みんなを注意したりもした。

そのおかげか、気がつけば――。

「伊達君……あの映画、観た？」

夏奏のほうからも静馬に対して声をかけるようになってくれた。

「あの映画？」

「ほら、この間、勧めたでしょ。マリグナント」

夏奏はまじめな教師として大多数の生徒たちからは少し怖がられている。実際、夏奏の生徒たちに対する態度は、ほかの教師と比べてもなかなか厳しいものがある。しかし、それはぜんぶ生徒を思ってのことなのだろう。みんなにしっかり成長してほしいからこその厳しさだ。ただ、それがあまり伝わっておらず、生徒たちから避けられていた。

そのことが寂しいのかもしれない。静馬にはかなり気さくになっていた。

「ああ、観ました、観ました。でも、先生……あれ、R指定映画だったんですけど」

「えっ……そうだったっけ？」

「先生って、けっこうそういうところに無頓着ですよね」

「……それはその、自分が大人だから、R指定とか気にしてなくて……」

きまじめでお堅い教師――しかし、静馬には少しかわいらしい姿も見せてくれる。それだけ距離が縮まっているのだ。計画はうまくいっている。

「って、R指定なのに観ちゃダメでしょ！」

「でも、先生が勧めてくれた映画ってぜったいおもしろいですからね、どうしても見たくて……ほら、配信のおかげで、そういう映画も観やすくなってますしね」

「だからって……」

「まぁ、先生がそう言うなら、あの映画に関しては忘れることにしますけど」

「えっ、あ、それはダメ！　観たんでしょ。だとしたら仕方ないから、その……感想くらいは聞かせてほしいところね」

「そうですか……それじゃあ……あの映画はですね……やっぱり、あのストーリー展開ですよ！　最近先生に勧められていろいろなホラーを観てきましたけど、あれは頭ひとつ抜けてました」

「うんうん、なるほど。それで……」

　夏奏とふたり、笑顔で話す。

　静馬にとってある意味、至高の時間である。

　ただ、だからといって、これまでずっと抱えこんできた焦燥感を消し去ることはできなかった。いや、それどころかむしろ、満たされたいという思いは、夏奏との距離が縮まれば縮まるほど、より大きなものに変わっていった。

　静馬の目的は夏奏と仲よくなることではない。夏奏に、本能のままに犯してもらうことにあるのだから、とうぜんと言えばとうぜんだろう。

（だから、もっと距離を縮めないといけない。先生に僕のことを好きになってもらわないと……)
そのために――。

3

――とある休日。

静馬は夏奏とともに街へとやってきた。新作映画を観るためである。ただ、ふたりきりではない。ほかの映研メンバーや、玲音もいた。

「それで、今日の映画はどうだった?」

映画を見終わったあと、今日集まったメンバー六人でファミレスに入る。席に着いたとたん、夏奏が我慢しきれないといった感じで静馬に尋ねた。ふだんはまじめでお堅い教師だけれど、相変わらず映画に関しては語りたがりである。

「えっと、そうですね」

その問いに、静馬もすぐに答えようとした。

「今日の映画……あたしはけっこうおもしろく観ましたよ」

しかし、静馬が答えるよりも前に、玲音が会話に割りこんできた。

ちなみに、部員ではない玲音がここにいるのは、休日に映研のみんなで映画を観に行くと話したら「だったら、あたしも行く」とついてきたためである。

そんな玲音からの答えに、夏奏は少しだけ表情を硬くした。あまり慣れていない生徒が相手なので緊張しているのだろう。

「そうなんだ。それで、迫水さんはどんなところがおもしろいと思いましたか。ちなみに私は……」

けれど、硬くなっていたのは一瞬だけであり、すぐさま夏奏は笑顔を浮かべると、自分の感想を話しはじめた。

玲音はそれを聞いて頷きつつ、自分がどう感じたのかを話しはじめる。ふたりのそうした会話にほかのメンバーもポツポツと感想を口にしはじめた。かなりいい感じの雰囲気と言っていいだろう。

「全編ワンカットって映画、最近そこそこ観る気がしますけど、ああいうのって画面変化が少なくなるから、ちょっと油断すれば退屈になっちゃう気がするんですよね。だけど、今日のは退屈になりそうなところで――」

空気に流されるようにペラペラとまるで評論家きどりで感想を述べる。しかし、最後まで語る前に、スマホが振動した。

「あ、すみません」

一度言葉を止め、ディスプレイを確認する。ＬＩＮＥにメッセージが届いていた。

「誰から？」

隣に座った玲音が、まるで夏奏やほかの映研メンバーたちに見せつけるように、吐息が届くほど耳もとまで唇を寄せ、尋ねた。

「……お店の広告系みたいです」

「そっか」

こちらの答えに玲音はそっけなく答えると、テーブルに置かれたアイスティーを手に取り、ストローを加えた。

彼女の視線が自分からはずれたことを確認したうえで、静馬はＬＩＮＥを開く。差出人は——桜だった。

——そろそろ着く。

メッセージの内容は非常に簡素である。

ただ、それだけで十分だった。すぐにアプリを閉じ、玲音と同じように、静馬もドリンクに口をつけた。玲音とふたりでストローを啜る。

「なんか……そうして並んで飲んでると、恋人どうしってよりも姉弟《きょうだい》みたいに見えるわよね」

映研の部長である菅波葉子《すがなみようこ》――玲音のクラスメートだ――がクスクスと笑った。

「姉弟って失礼な。あたしたちは立派な恋人だよ」

「はいはい、わかってるって。でもさ、ほら、玲音はけっこう大人びてるじゃない。それでいて、伊達君はかわいらしい感じで幼く見えるからさ。って、あ、その……子供っぽいってわけじゃないからね。褒め言葉だからね」

「わかってます」

ストローを加えたまま、葉子に対して微笑んでみせた。

それとともに、チラッと観察するような視線を夏奏へと向ける。

夏奏の表情は引きしまっていた。ふだんどおりの表情と言うべきだろうか。そのため、なにを考えているのかはよくわからない。

(でも、たぶん……僕と先輩のことを気にしてる)

確信があった。

そんなタイミングで、もう一度スマホが振動する。チラッと視線を向けると、

――着いた。

とだけ表示されていた。

ディスプレイから視線をはずし、なにげなく店の外を見る。

するとそこには――桜がいた。ただし、ひとりではない。桜の隣には亮がいる。ふたりはまるで恋人どうしのように腕を組み、街中を歩いていた。

「……なんか、天気が怪しいですね」

ふたりから視線をはずし、空を見ながら呟く。

とうぜん、玲音や映研メンバー、それに夏奏もつられるように窓の外を見た。

「たしかになぁ」

空にかかった灰色の雲を玲音が見る。葉子たちも「そろそろ降るのかな」と心配げだ。しかし、ひとり――夏奏だけは空を見ていなかった。

目を見開き、呆然としたような表情を浮かべている。

夏奏が見ているのは、桜と腕を組んでいる亮だった。

ふたりへと視線を釘づけにした状態で、身体を硬直させている。

「……先生、どうかしましたか？」

なにに驚いているのかを気づいたうえで尋ねる。

「え、あ……ああ……その、なんでもないわ。それより、本当に雨が降りそうだし、そろそろ帰る準備をしたほうがよさそうね」

ごまかすように、夏奏は笑った。

ただ、表情は引き攣《つ》っているようにも見える。

そうした夏奏の姿に少し胸が痛んだ。夏奏を悲しませることは本意ではない。

だが、これは夏奏に自分だけを見てもらうためには必要なことなのだ。

(すみません……夏奏さん)

心の中で謝罪しつつ、みなとともに帰り支度をした。

4

一カ月ほどがすぎた。

あの日から、夏奏の様子は日に日に変わっていた。

以前からそれほど感情を表に出す人ではなかったので、表面上は違いがない。けれど、明らかに言葉数は減っていたし、露骨にため息をつくなどということもするようになっていた。

だから――。

「先生、なにかあったんですか?」

映研の活動後、ほかのメンバーたちがみな帰ったあとで、そう夏奏に声をかけた。

「え、なにかって……なにが？」

よくわからないというように夏奏は首を傾げる。けれど、ごまかされはしない。

「最近、先生……落ちこんでますよね。なにかあったんですか。その……僕でよければ話を聞きますけど」

まっすぐ夏奏の目を見る。

向ける視線に、夏奏は動揺したように視線をはずした。

「べつに……落ちこんでなんかいないわよ」

少しだけ声を震わせながら、夏奏は否定する。

「嘘はつかないでください。僕にはわかってますから」

「……どうして？」

「どうしてって、僕……先生のことをいつも見ていますから」

「いつもって……」

夏奏は言葉に詰まり、わずかに俯く。

「お願いします。教えてください。なにがあったんですか。その……たしかに、僕なんかじゃ頼りにならないかもしれませんけど、話すことで楽になるなんてことだってあると思います。ですから……」

畳みかけるように言葉を重ねた。

「僕は先生のことが好きです。すごく尊敬もしてます。だから、先生がつらそうな姿なんて見たくないんですよ。お願いします。教えてください」

夏奏は俯きつづけている。けれど、やがて一度「はぁっ」と大きくため息をつくと、

「ほかの誰にも言わないでね」

と、口にした。

「もちろんです。それで……その、なにがあったんですか？」

べつに聞かずともわかっている。そうなるようにしむけたのは自分自身なのだから。だから正直、胸は痛い。それでも、聞かないわけにはいかない。

「……じつはね、その……夫が浮気しているみたいなの」

夏奏は一度、深呼吸をしたあと、そう切り出した。

「浮気……ですか。それ、確証がある話……なんですよね？」

「ええ……見てしまったから、あの人が女の人と腕を組んで街を歩いてるところを。それに、その……スマホを確認してみたら、そういうやりとりのメッセージも残ってたの」

ふたたびため息をつき、夏奏は額を押さえた。

「見ちゃってから、なんか頭の中がグチャグチャになっちゃってね……なにをどうすればいいのかが、ぜんぜんわからなくなっちゃったの……だから、仕事にばっかり集中するようにしてたんだけど……それでも、わかっちゃうものなのね」

一度言葉を切り、自嘲ぎみに笑う。

そのうえで、

「こんな話、聞かされても困るだけでしょ。ごめんないね。私が変な姿を見せちゃったせいで」

などと、謝罪を口にした。

「謝らないでください。謝るようなことじゃないですから……」

「……ありがと」

今度は微笑んだかと思うと夏奏は、

「それじゃあ、帰りましょうか。そろそろ完全下校時間だしね」

と、教室から出ていこうとした。

「待ってください」

慌てて引き留める。夏奏の細腕をつかんだ。

「……なに？」

夏奏の表情が硬くなる。

「えっと……その……あの……無理やり話させるようなことをしてしまってすみません。それでいて……解決策とか、気の利いたこととか、なにも言えもしないです。ごめんなさい」

「べつに伊達君が謝るようなことじゃないわよ。その……ずっと胸に秘めてたことを話せて、少しスッキリもしたしね。だから、気にしないで」

「でも、だけど……その……」

夏奏と話をしていると、自分は最低だ――そんな感情が心の中でふくれあがる。夏奏を苦しめているのは、ある意味静馬自身なのだ。

でも、こうするしかないのだ。ずっと抱いてきた欲求を解消するための手段はほかにないのだから。

そんなことを考えながら――。

「僕だったら、先生を悲しませたりなんかしません。僕だったら、ぜったいに……」

ぜったいに心が揺らぐだろうと思う言葉を、夏奏にまっすぐぶつけた。

潤ませた瞳で夏奏を上目遣いで見つめたりもする。

それに対し夏奏は「え……あ……」と、どうすればいいかわからないといった感じで視線を泳がせたあと「あ、ありがとう……」と、またしても感謝の言葉を、絞り出すように口にするのだった。

この日は、そうしたやりとりで終わった。

——数日後。

「いつも悪いわね」

夏奏が重そうなダンボールを持っていたので、静馬がそれを引き受けた。ふたり並んで廊下を歩く。

「これくらい、べつになんでもないですよ」

ダンボールを持ったまま胸を張ってみせると、夏奏はクスクスと優しい笑みを浮かべてくれた。

これまでと表面上はなにも変わらないやりとりである。

けれど、夏奏が自分へと向ける視線や言葉の中には、明らかにこれまでとは違う感情が含まれていることに、静馬は気づいていた。

慈愛とか好意——そんな感情だ。

間違いなく夏奏はこれまでよりも静馬を好いてくれている。教師と生徒という関係以上の思いだろう。

実際、なにかというと夏奏は、静馬に触れるようにもなっていた。

頭や背中をことあるごとに撫でてくる。たぶん、ほとんど無意識のうちにだ。心のどこかで静馬のことを欲しているのかもしれない。

（でも、これだけじゃダメだ。もっと、夏奏さんにはもっと僕を思ってもらわないといけない。僕に執着してもらわないと。どんなことをしてでも、僕を自分のものにしたいって……そう思わせないといけない）

夏奏が持っている、人として、教師としての倫理観というタガがはずれるほどの感情を抱かせなければならない。そのためならば、なんだってする。夏奏が苦しんでしまうようなことでもだ。

（僕は最低な人間だ。でも、そうするしかないほど苦しいんだ。それもこれも、夏奏さんが僕にこの感情を教えたから……だから、責任を取ってもらいます）

目的は夏奏を焚《た》きつけること。

そのために、静馬はあえて玲音との関係を夏奏に見せつけることとした。

わざわざ職員室の窓から見えるベンチで玲音と話をしたり、玲音の部活が休みの日には、映研の活動に呼んだりもした。

頬がくっつくほどの距離で、耳打ちし合ったりなどという恋人っぽいやりとりも見せつける。

そうした行為に対し、夏奏が見せる表情は、ふだんとあまり変わりがないものだった。だが、それは表面的なものでしかない。夏奏は間違いなく動揺していた。

それを証明するように、

「なんか最近……前よりも迫水さんと仲がよさそうね」

などとふたりになったときに切り出してきた。

「え……あ、そうですか？」

「そうよ、かなり距離が近い。ほかの生徒たちの目の毒になりそうなくらいよ。まぁ、恋人といっしょなんだから、気持ちはわかるわ。でも、あなたたちはまだ学生なんだから、節度ってものを守らないとダメよ。あまり人目にはつかないようにね」

教師らしい言葉である。

ただ、その口調はふだんの夏奏とは違い、やたらと早口だった。まるで言い訳をしているようにも聞こえる。

とはいえ、それを突っこんだりはせずに「わかりました」とその場では頷いた。

ただし、頷いただけであり、実際の行動には移さなかった。それどころか、玲音とふたりでいる時間をより増やしていった。

　そんな日々のある日の放課後――。

「ねぇ、先輩……」

　下校のために昇降口へと向かっている途中で、静馬は近くにあった教室へと意味深な視線を向けた。

「どうしたの？」

「えっと……その、ふたりきりになりたいなと思って」

　語りつつ、意識を背後へと向ける。

　そこには夏奏がいた。物陰に隠れてこちらのやりとりを観察している。

「ふたりきりって……でも、ここは学校だよ。誰かに見られたら……」

　玲音は困ったような表情を浮かべた。

「……大丈夫ですよ。もうこの時間なら、ほとんど学校に人なんか残ってないですし、そこは空き教室ですから、誰も入ってきませんよ。それに、万が一見られちゃったとしても、今さらじゃないですか。みんな僕たちがすっごく仲いいことは知ってるんですからね」

「それは……まぁ、たしかに。でもなぁ……」

「お願いします。その……それとも、先輩は僕とふたりきりにはなりたくないですか？」

縋るような視線を玲音へと向ける。

「その目はズルいよ。なんでも言うことを聞きたくなるじゃない」

「……だったら、いいですよね？」

イタズラっ子みたいに笑う。

対する玲音は、しばらく考えたあと、

「まったく、仕方ないなぁ、ホント」

と、呆れたように口にしつつも、いっしょに空き教室へと入ってくれた。

「それで、なにをしたいの？」

うっすらと褐色の頬を赤く染めた玲音が囁く。

「それは、その……」

答えに窮するふりをしつつ、意識を教室の外へと向けた。

引き戸がキイッとわずか——本当に指数本分だけ開いた。隙間から瞳がのぞく。

宝石のようにきれいな目である。間違いなく夏奏の瞳だ。

「……キス……したいです」

夏奏の存在を確認するとともに、玲音に対して口づけをねだる。

実際キスがしたくてしたくて堪らなかったというわけではない。夏奏に口づけを見せつけることが目的だ。玲音に対して最低なことをしているという自覚はある。それでも、今さら止まれない。

静馬のそんな求めに、玲音は少し驚く。

「静馬からそんなこと……珍しいっていうか、初めてじゃない。ホントにどうしたの」

とうぜんと言えばとうぜんの疑問だろう。

「……どうって、べつにどうもしてません。ただ、本当に先輩としたくなっちゃったんです。えっと……ダメですか？」

ダメと言われれば素直に引くつもりで、少し遠慮がちに尋ねる。

対する玲音は「ダメなわけないでしょ」と言うと、静馬の身体を抱きしめてきた。

「正直言えばうれしいよ。静馬から求めてもらえるなんてさ。だから、あたしも我慢できない。静馬……キスするよ」

「はい、お願いします」

まるで女性が男性を受け入れるかのように、静馬は目を閉じた。

「んっふ……んんんっ」

玲音の唇が自分の唇に重ねられる。ただ口唇を密着させるだけのキスだ。しかし、それだけでも十分心地よい。じんわりと伝わってくる唇の温かさを感じると、それだけで身体中から力が抜けそうになるほどの愉悦を覚えてしまう。

「これで、いい？」

「……その、あの……もっと……」

唇を離した玲音の問いかけに、さらなる口づけを求める。もっと濃厚なキスをしてほしいと、言葉だけではなく視線でも訴えた。

対する玲音はどこか興奮した様子で鼻息を荒くしたかと思うと、先ほど以上に強く静馬を抱きしめてきたうえで、改めて唇に唇を重ねてきた。今度はただ触れ合うだけのキスではない。

「はっちゅ……んっ！　んっも……もっふ、んもっふ……もっもっ……もふぅ」

口腔に舌を挿しこんでくる。舌に舌をからみつけながら、ジュルジュルと静馬の口内を啜った。

「あっふ、んふぅう」

口腔を蹂躙するような口づけである。貪るような濃厚なキスの心地よさに、静馬の全身からは力が抜けていった。身体中が燃えあがりそうなほどに熱くなる。ジンジンと股間部が激しく疼きはじめた。

興奮がどうしようもないくらいにふくれあがっていく。

玲音はそれをさらに煽《あお》りたてようとするように、より貪欲に舌を蠢かし、ただ吸いあげるだけではなく、ときには静馬の口内に唾液を流しこんできた。

そんな濃密なキスによって足から力が抜けてしまう。腰が抜けたように、へたりこみそうになってしまった。

すると、その変化に気づいた玲音が、静馬の身体を空き教室の床に押し倒してきた。そのうえで、口づけを続けつつ、ズボンの上から股間に触れてくる。硬くなったペニスを、ゆっくり、優しく撫であげてきた。

「んひっ！」

ビリッと電流のような刺激が走り、全身を震わせる。

「んふぅうう……すっごい、ズボンの上から少し撫でてただけなのに、静馬のおち×ちん、すごくビクビクしてる。ドクンッドクンッて鼓動が伝わってきてる。キスされながらおち×ちん撫でられるの……気持ちいいんだ？」

「それは……その……」

「答えて。気持ちいいんでしょ？」

「……は、はい。すごく……うふぅうう……すごく気持ちいいです」

否定なんかできない。今にも泣き出しそうな表情を浮かべながら、首を何度も縦に振った。

「ふふ、やっぱり静馬はかわいいな。よし、それじゃあ、素直に答えてくれたご褒美ね。もっともっと、おち×ちんを感じさせてあげる」

「もっと……なにを……するんですか？」

「もちろん、こうするんだよ」

問いに対する答えは、言葉ではなく行動だった。

玲音は躊躇することなくズボンの中に手を挿しこんでくる。そのまま直接勃起棒を握りしめると、シコシコと上下に擦りはじめた。

根元から肉先までを手のひらで繰り返し撫であげてくる。しかも、肉棒を握る手の力は一定ではなかった。

手コキに合わせて強く握りしめたり、緩めたりする。そのうえでときには指を蠢かし、カリ首をなぞったり、尿道口をグリグリと抉《えぐ》るように指先で責めてきた。

「はぅうう！　あっあっ！　こんな……声がぁあっ」

愛撫《あいぶ》に合わせて刻まれる快感によって、自然と嬌声を漏らすこととなってしまう。いや、漏れ出るのは声だけではない。亀頭からはジュワアッと愉悦を訴える先走り汁も溢れ出した。

「汁が出てる。あたしの指がグチョグチョだ。まるでお漏らししてるみたい。キスされて、少し擦られただけでこんなに出しちゃうくらい感じたんだ。これ、すぐにでも射精しちゃうんじゃない？」

汁で指先が濡れてしまっても気にすることなく、玲音は愛撫を続ける。指や手にからみついた粘液が潤滑剤となって、手コキの速度はどんどん激しさを増してきた。動きに合わせてズボンの中からグッチュグッチュグッチュという卑猥《ひわい》な水音も響きはじめる。

「激しい！　先輩……激しすぎます！　うくぅう！　我慢とか、無理です!!　こんなの簡単に……出、ちゃい……ますぅっ！」

「構わないよ。出したいなら出せばいい。あたしの手に静馬の精液をぶっかけて。ほら、ほら……んっんっんっんっんっ」

肉棒を引き抜こうとしてるのではないかとさえ思えるほどの激しさで、繰り返し肉竿を擦りつづける。動きに比例するように性感がふくれあがり、全身が包みこまれた。

「さぁ、出して……ふっちゅ、むちゅっ！　んっちゅぅ」

射精衝動をあと押しするように、改めて口づけしてくる。ふたたび舌が挿しこまれた。頬が窄まるほどの勢いで、口腔を吸いに吸いあげる。まるでペニスを吸われているかのような錯覚さえしてしまうほどの激しさだ。

「も……無理っ!!」

視界に火花がバチイッと飛ぶ。

わきあがる快感に流されるがままに、ドクドクと白濁液を撃ち放った。

「んっふ……ンンンンッ！　出てる。熱いのがたくさん……手が静馬のでグッチョグチョだよ」

射精を受けた玲音が、うっとりとした表情を浮かべながらズボンから手を引き抜いた。露になった手のひらは精液に塗れている。

「相変わらず量が多くて濃厚だね」

うれしそうにそれを見つめつつ、玲音はそうすることがとうぜんだとでも言うように、

「んれっろ、ちゅれろっ……んれろ……んっんっんっ……んふぅぅう」

舌で精液を舐め取り、喉を上下させて濃厚汁を嚥下していった。

「ふうう……相変わらず、臭いね。でも、静馬のだと思うと嫌いな味じゃない。だから、もっと……」

手にこびりついた白濁液をすべて飲みほした玲音によって、ズボンが下着ごと脱がされてしまった。

射精を終えたばかりの肉棒が露になる。

半勃ち状態の肉槍も、先ほどの玲音の手と同じように精液に塗れていた。

「残った分もぜんぶ飲んであげる。そして……静馬のおち×ちんをきれいにしてあげるからね……はっちゅ……んっちゅ……ちゅっれろ。んれろぉ」

玲音の唇が今度は肉棒に密着する。もちろん、口唇を押しつけてくるだけではない。舌を伸ばし、レロレロと肉竿を舐めはじめた。

「くっあ！　ふぁああ！　ダッメ！　ダメです、先輩！」

「なにがダメなの。気持ちいいでしょ？」

「それは……そうですけど、だ、出したばっかりだから、すごく……くひぃ！　び、敏感になっちゃってて……少し舐められたらそれだけで……また……うぁああ！　まった、大きくなっちゃいま、すぅ」

どこまでも肉棒は刺激に敏感になっていた。少し舌先でくすぐるように刺激されただけで、射精直後とは思えないくらいにガチガチに勃起してしまう。

「まだ、出し足りないんだな」

玲音はそれをうれしそうに見つめたかと思うと、

「はっむ。もっふ……おむぅ」

精液まみれだろうがいっさい気にせず、肉棒を咥えこんだ。

「もっじゅ！　むっじゅ！　じゅっぽ！　んじゅっぽ！　じゅっぽ！　じゅぽっじゅぽっじゅぽっじゅぽっ——じゅぽぉ」

頭を上下に振りはじめる。

口唇で肉竿を締めつけながら、口内ぜんぶを使ってペニスをしごきはじめた。

「ふぁあああ！　あっあっあっ！　や、ダッメ！　すぐに！　こんなの……僕、敏感になりすぎてて、す、ぐに……出る！　出ちゃいますうっ!!」

一度射精したことで肉槍は過敏になってしまっている。数度の刺激だけですぐさま射精衝動が抑えがたいほどにふくれあがってきた。

「いいじょ……らしぇ……遠慮なく……まら、出してぇ。あたひのくひに……たくひゃん出しゅの。あたひにまら、しじゅまのしぇーえきを……んっんっんっ！　飲ましぇてぇ……じゅっろろ！　んじゅろろろろぉ!!」

射精をあと押しするみたいに、ペニスを吸いあげてくる。

「すごすぎる！　出、る……無理！　我慢……無理ぃいいっ!!」

抗うことなど不可能だ。吸われるがまま限界に至る。肉棒だけではなく、全身をビクつかせるとともに、玲音の喉奥に向かって一瞬で口腔を満たすほど多量の精液を撃ち放った。

「むっむっ！　んむぅううっ!!」

始まった射精に、玲音は驚いたように目を見開く。けれど、口から肉棒を引き抜きはしない。脈動するペニスを咥えつづける。しかも、もっと射精してと訴えるように、啜りあげもした。

「出る！　まだ出る!!」

あと押しされるように射精を重ねる。玲音の口がいっぱいになるほどの量だ。二度目とは思えない。

「んんん！　んっふぅうう」

玲音はそれを最後の一滴まで、口で受け止めてくれた。

「はぁああ……よかった。すごく気持ちよかったです」

頭が痺れるほどの性感に身体を震わせながら、射精を終えた肉棒を玲音の口腔から引き抜く。

玲音は口の中にたまった精液が零れないように顔を上向きにしつつ「んふふ」と笑った。そのうえで、喉を上下させる。口内の精液を嚥下しはじめた。

「んっく……んんんっ！　んっんっんっ……むふぅうう」

喉元が蠢いているのがわかる。精液が玲音の食道から胃へと流れこんでいるだろうことを、はっきりと確認することができた。

「はふぅうう……ご馳走様」

途中何度も咳きこみつつも、ついに玲音はすべて飲みほす。

「喉に引っかかるし、生臭いし……正直おいしいとは言えないな」

眉間に皺を寄せながら呟く。本当にまずそうな表情だ。

「えっと、その……すみません」

なんだか申し訳なくなって謝罪する。

「べつに謝る必要はない。たしかにまずいし、気持ち悪い――でもね、静馬が射精したものだし。あたしはこれを飲むことができて、すごくうれしいよ。うれしくて……身体が、あそこが熱くなる。飲むだけじゃ足りないってそう思う。だから……」

玲音はスカートの中に手を入れると、はいていたショーツを脱ぎ捨てた。一瞬視界に下着が映る。クロッチ部分には染みができていた。

「静馬のおち×ちんが欲しい」

自らの手で玲音はスカートを捲《まく》る。露になった、陰毛の剃られた秘部は、すでにクパアッと左右に開いていた。のぞき見えるピンク色の柔肉は、愛液に塗れている。膣口も呼吸するように開閉を繰り返している。

ねっとりと蠢く柔肉が淫靡だ。重なり合う肉襞で早くペニスを締めつけてほしいという思いがどうしようもないくらいにふくれあがってくる。淫らな肉花弁を見ているだけで、二度も射精したあととは思えないほどに、肉棒がさらに硬く滾ってきた。

「挿れたいんだ」

勃起に、とうぜん玲音も気づく。からみつくような視線が肉棒に向けられた。

「挿れたい……です」

チラッと視線を教室の引き戸へと向け、まだ夏奏が自分たちを観察していることを確認しつつ、頷く。ヒクンッヒクンッと肉棒を震わせもした。

「そっか……だったら……」

玲音の秘部から溢れ出す愛液量がさらに増す。

トロトロと蜜を垂れ流しながら、玲音はゆっくりと静馬に跨がってきた。だが、そこで玲音は一瞬身体を硬くすると、一度静馬から離れた。

「……どうしたんですか？」

行動の意味がよくわからず、首を傾げる。

すると玲音は教壇へと移動し、壁に上半身を預けた。プリッと張りのある尻を突き出してくる。ムチムチとした太股《ふともも》が強調されるような体勢だ。

「挿れて」

尻をくねくねと左右に振って、おねだりをする。

先ほどまでの勢いでそのまま獣のように犯してほしいと思っていた静馬からすると、正直残念だった。

ただ、だからといってここで中断するつもりはない。

夏奏に見せつけなければならないのだ。

(ごめんなさい、先輩……)

恋人ではなく、別な女のことを考えている。本当に最低だ——という自覚を抱きつつ立ちあがると、玲音の背後に立った。

ガチガチに硬くなった肉槍の先端部を、開いた膣口にグチュリッと密着させる。

「あっ！　んふぅうう……熱い。すごく熱くなってる。あんなにたくさん出したあととは思えない。そんなにあたしに挿れたかったんだね」

「はい、挿れたいです。だから……いいですよね？」

「ああ、もちろんだ。さぁ、挿れて」

肉襞を亀頭に吸いつかせながら、腰をグイグイ押しつけてくる。亀頭が膣口にわずかだけれど沈んでいった。それだけで、腰が抜けそうなくらいの性感が走り、ふたたび射精しそうにもなってしまう。

「い、行きます」

そんな性感に必死に抗いながら、腰を突き出し、ジュブリッと玲音の肉壺にペニスを突き入れた。

「あっあっ……はぁあああああ」

根元までペニスを挿入し、亀頭でズンッと子宮口をたたくと、玲音は本当に心地よさそうにうっとりと喘いだ。身体でも心地よさを訴えるように、膣をキュッと収縮させ、肉棒をきつく締めつける。結合部からはジュワアアッとこれまで以上に多量の愛液が溢れ出した。

「すっごい……ですっ！　ああ、これ、気持ち……いいっ!!　いいです。先輩のおま×こ、本当にいいですぅ」

全身をわななかせながら、素直に快感を訴える。

「あ……たしも……んんん！　あたしもいいっ!!　静馬のおち×ちん、すっごい感じるよ。挿れられただけで……はふぅぅ……イキそうなくらい感じてる。これ、めちゃくちゃ……いいっ!!」

喘ぎつつ、もっと感じたいと言うように、玲音のほうから尻を押しつけてきた。

「でも、まだ……満足できない。こ、れ……だけじゃ、足りない。だ、から……もっと……もっと感じさせて。このおち×ちんでもっとあたしを気持ちよくさせて……そのために……」

ただ押しつけてくるだけでは終わらない。

玲音のほうから腰を振りはじめる。蜜壺に肉棒の感触を刻みこんでほしいと訴えるように、激しく腰を打ち振るってきた。

「んっは……はふぁああ！　あっあっあっ！　んふんん!!」

バチンッバチンッと、腰と腰がぶつかり合う音色が響くほどの勢いだ。いつもユニフォームに隠れているせいで、日焼けしていない白い尻肉が腰がぶつかり合うたびに波打つ。ふだん男勝りな玲音がさらしているとは思えないほどに、淫靡な光景だ。そんな有様を作り出しているのは玲音自身だ。騎乗位ではないけれど、玲音のほうが静馬を犯していると言っても過言ではないだろう。そうした事実に、より静馬の興奮も高められていく。このまま精液を絞り取ってほしいと考えてしまう。

実際、玲音もそうした静馬の願いがわかっているかのように、抽挿の速度をどんどん上げ、より奥にまでペニスを咥えこむ。

「あっ！　先輩……いいです、先輩っ!!」

一方的に責められるがまま、静馬は喘いだ。

「そんなにいいの。これがそんなに……んんんっ……気持ちいいの？」

「は……い……いいです。すっごく、いい……ですぅ!!　だから、もっと、もっと激しく……お願いしますぅ」

このまま自分のすべてを奪われたい――わきあがる感情の赴くままに、さらなる蹂躙を懇願した。

「ああ……ああっ!!」

玲音は頷くとともに、ピストンをより大きなものに変えてくる。一回腰を振るたびに、蜜壺による締めつけもどんどんきついものに変えてきた。

（出す！　これ、搾られるままに……あああ、本当にいいいっ!!）

肉棒に対する蹂躙と言っても過言ではない行為に、射精衝動がどうしようもないくらいにふくれあがった。マグマのように熱いものが、根元から肉先にまでわきあがってくる。そんな快感の奔流に、静馬は身を任せようとした。

だが、その途中で急に玲音は腰の動きを止めた。

「先輩……どうして？」

快感も止まってしまう。なんでいきなり行為を中断したのか。意味がわからず、反射的に理由を尋ねた。

「……動いて」

それに対し、玲音はそう小さく呟いた。

「――え？」

「だから……静馬のほうから動いて」

重ねて告げてくる。

「静馬に激しく突かれて……イキたいんだ。お願い……静馬」

懇願の言葉だった。

(どうして？)

正直、わけがわからない。

最高の快感を玲音だって覚えていたはずだ。それなのにどうしていきなり止めるのか。なぜ、イケそうだったのに中断したのか。玲音だって静馬を責めることを楽しんでいたようにしか見えなかったのに、なぜ——理解できない。

どうして——と問うような視線を玲音へと向けてしまう。

だが、玲音は疑問には答えてくれずに「お願い……動いて」と懇願を重ねた。

「……わかりました」

心の中には失望感のようなものがひろがる。しかし、玲音の頼みを拒絶はできない。疑念を抱きつつも、静馬は自分のほうから腰を振りはじめた。

「これで……これでいいんですか？」

「そう……そうよ。それでいい！　あっあっあっ！　そ、の……調子でもっと激しく、あたしのおま×こぜんぶに、静馬の感触を刻みこんで！　んぁああ！　はっふ！　あぁああ！　静馬っ！　静馬っ!!　静馬ぁああ！」

静馬の動きに合わせて、玲音が泣いた。

膣奥を突くたびに、ふだんの姿からは想像もできないほど女を感じさせる声をあげる。突きこみに合わせて、結合部からはブシュッブシュッと愛液が飛び散った。

「いいっ！　イクッ！　もう、イクよ!!　静馬……静馬はどう。もう……んふうう！　イ、キ……そう!?」

「はいっ！　イキます!!　僕も……出しますっ!!」

責められていたときほどの快感を覚えることはできない。しかし、先ほど絶頂直前まで感じさせられていたおかげで、静馬も玲音にシンクロするみたいに限界に達していた。

「い、いいよ……出して！　注いで！　いっしょに……静馬……いっしょにイコう！　あああ……んぁああ！」

「だ、出します!!　先輩といっしょに……イキますぅっ!!」

射精衝動にあと押しされるがままに、腰をめちゃくちゃに突きまくったうえで、トドメとばかりにドジュンッと根元まで肉槍を打ちつけた。

「くひんん!!」

玲音が背筋を反らす。全身をヒクつかせながら、これまで以上にきつくペニスを締めつけてきた。

「い……イクぅっ!!」

そのまま、玲音は絶頂に至る。

歓喜に表情を蕩かせながら、襞の一枚一枚で搾るように肉竿を刺激した。

「で、出るぅっ!!」

オルガスムスがあと押しされる。我慢できない性感に全身とペニスを震わせると、玲音の膣奥に向かって精液を撃ち放った。

「あっあっ！　出てる……熱い！　んん！　あっは……んはぁあ！　これ、イクッ！　またイク!!　イキながら……イクぅうっ!!」

子宮を満たすほどの射精——それがよほど心地よかったのか、玲音は絶頂を重ねる。愉悦に蕩けきった悲鳴を響かせながら、黒板に爪を立てた。

キイイイッという不快な音色が響きわたる。

だが、そんな音色にすら興奮をかきたてられながら、静馬はひたすらこれまで以上に多量の白濁液を、玲音の膣奥に流しこみつづけるのだった。

「はふ……んふぁああ……はぁっはぁっはぁっ……」

やがて、玲音が脱力する。

「すごく……よかったです……」

「あたしも……静馬ぁ……」

玲音が振り返り、縋るような視線を向けた。

求めていることを口に出しはしない。けれど、玲音が静馬になにをしてほしがっているのかくらいは、理解できた。

応えるようにゆっくりと静馬は、繋がり合ったまま玲音へと唇を寄せていく。

(見てますか……夏奏さん……)

ドアの隙間から自分を見ているだろう夏奏を意識しながら――。

「んっ……んんんっ」

玲音と唇を重ね合わせるのだった。

第五章　二階堂夏奏の場合

1

（嘘でしょ……こんなところで？）

静馬と玲音――ふたりが入った空き教室をのぞきながら、夏奏は呆然と目を見開いた。

ふたりは教室内で口づけをしている。ただ唇を重ねるだけのキスではない。舌と舌をからめる、濃厚な口づけだった。グチュグチュという音色が響く。ふたりは唾液を交換しているようだ。

しかも、行為は口づけだけでは終わらない。

やがて玲音は静馬のズボンへと手を入れると、ペニスをしごき、射精までさせた。そのうえで口淫まで行う。そのときに見えたペニスは、まだ幼さが残るかわいらしい外見をした静馬のものとは思えないほどに大きく、逞しいものだった。長さは十七、八センチほどはあるかもしれない。

玲音はそれを根元まで咥えたうえで、もう一度射精させると、口内にたまった精液を静馬に見せつけるように飲みほした。

そんな行為によって身体が昂ったのだろう。玲音は静馬に挿入まで求めた。

（……止めないと、こんなこと……）

学校でするようなことではない。第一、ふたりはまだ学生なのだ。無責任な行為をさせてはならない——と、頭では思う。けれど、なぜか動くことができない。

尻を突き出した玲音の背後に静馬が立ち、ペニスを挿入する。

すると、玲音のほうから腰を動かしはじめた。

挿れたのは静馬だ。体位は後背立位——男が女を犯す体勢である。けれど、玲音のほうが腰を振る。しかも、その動きはまるで男が女を犯しているときのように激しいものだった。

（……羨ましい）

見たとたんに抱いてしまったのは、そんな思いだった。

自分もあんなふうにかわいらしい静馬を犯してみたい。彼の肉棒を蜜壺でめちゃくちゃに貪ってみたい――などということを考えてしまう。

そのせいか、下腹部がジンジンと疼き出してしまった。

思わず周囲を見る。

ここは廊下だ。しかし、この場には誰もいない。

このフロアの教室はすべて空いており、部活のときくらいでしか使われなくなっているためだ。そして今は、時間的にすべての部活が終わっている。このフロアの生徒たちはみな下校しているはずだ。とうぜん、教師たちがここにやってくることもほぼないだろう。つまり、誰かに見られることはない。

(ダメ。こんなことしちゃダメ……でも……)

身体の昂りは抑えられそうにない。下腹部の疼きは耐えがたいレベルだ。

ゆっくりと手を伸ばす。スーツスカートの中へと入れた。そのままショーツの上から自分の秘部に触れる。

「んあっ」

とたんに、グチュッと湿った感触が指先に伝わってきた。下着に染みができるほどに、愛液を分泌してしまっている。

（こんなに……）

学校内で、しかも生徒たちの情事によって、お漏らしでもしたみたいに下着を濡らしてしまう。なんだか自分がとても情けなく感じた。

ただ、情けなさを感じつつも、興奮を抑えることはできない。鼻息を荒くしつつ、指を――ではなく、肉棒に見たてた指に自身の秘部を押しつけ、玲音が現在そうしているように、男を犯すような勢いで腰を振りはじめた。

「んっふ……くふぅう……ふうっふうっ……んふぅうう……」

腰の動きに合わせて、グッチュグッチュという淫靡な水音が響きはじめる。それとともに甘く痺れるような刺激が身体に流れこんできた。ふくれあがる肉悦にあと押しされるように、腰の動きをより激しいものに変えていく。

頭の中では玲音の代わりに、夏奏自身が静馬を犯していた。

泣き出しそうな表情を浮かべる静馬を、笑顔で蹂躙する。

――やめてください、先生。

静馬が情けない悲鳴をあげても気にすることなく、一方的に腰を振りたくった。

――泣いてもダメ。伊達君……キミは私のものなの。ほら、だから、こうやっておち×ちんを……めちゃくちゃに、むちゃくちゃに犯してあげる……んっんっんっ……んふぅうう……どう。いいでしょ。こうやっておち×ちん……ち×ぽを擦られるの、最高に気持ちがいいでしょ？

――でも、こんなのいけないことですよぉ。

――そんなこと言っても、ダメ。ち×ぽは正直……ほらほら、こうされたいんでしょ？

妄想は止まらない。

頭の中の静馬を言葉で責めながら、グラインドの速度を上げていく。

「はぁっはぁっはぁっはぁっはぁっ……」

廊下中に響いてしまうのではないかとさえ思えてしまうほどに、漏らす吐息は荒さを増してきた。

（このまま……もうっ）

絶頂に向かって昇りつめていく。

静馬と玲音のふたりも、夏奏にシンクロするかのように、限界に向かっているようだ。

しかし、そこで急に玲音が腰を止めた。

「先輩……どうして？」

あまりに急な中断に、静馬が戸惑いの声をあげる。

思いは夏奏も同じだった。唐突な玲音の行為が理解できず、腰を止める。

「……動いて」

「——え？」

「だから……静馬のほうから動いて。静馬に激しく突かれて……イキたいんだ。お願い……静馬」

玲音が懇願を口にした。

(なぜなの？)

間違いなく、玲音は自分から静馬を責めることに喜びを覚えていた。それなのに、なぜ止まったのか。どうして——疑問を抱かざるをえない。

けれど、玲音は静馬の問いには答えない。

結局、静馬は「……わかりました」と、どこか残念そうに口にすると、自分から腰を振りはじめた。

パンパンッという腰と腰がぶつかり合う音色が響く。それに合わせて、玲音が嬌声を響かせた。

ただ、その喘ぎは先ほどまでよりも多少遠慮がちに聞こえる。自分から静馬を責めていたときと比べると、熱感が下がっているように聞こえた。

とはいえ、それでも淫靡な声であることは間違いない。耳にしているだけですぐに夏奏の興奮も刺激された。

劣情がふくれあがる。わきあがる情欲に抗うことなどできず、ふたたび夏奏も腰を振りはじめた。今度は指を撫でるだけではない。膣に挿入し、締めつけながら腰をくねらせる。自分の指をギュッギュッギュッとリズミカルに膣壁で圧迫した。

現在は静馬が玲音を責めているけれど、夏奏の妄想は先ほどのままである。自分が静馬を犯すことばかりを考えながらの行為だ。

泣き出しそうな表情を浮かべた静馬の肉棒を、繰り返し膣壁で擦りあげ、きつく締めつけることばかりを想像する。

「はいっ！　イキます!!　僕も……出しますっ!!」

夏奏の妄想をあと押しするように、静馬が限界を訴えた。

(来なさい……出しなさい。私の中に……んんん！　たくさん注ぐのよ!!　さぁ、来るの！　出すの!!　私を……満たしなさいっ！)

これまで以上に指を奥まで咥えこんだ。指先がコリコリとした子宮口に触れる。

「い……イクぅっ‼」

「で、出るぅっ‼」

刹那、静馬と玲音が絶頂に至った。

眉間に皺を寄せ、瞳を閉じた静馬が、全身を震わせる。ひとめ見ただけで、射精していることがわかった。

（あああ……私もイクっ‼）

「あっあっ……はぁあああああっ」

ふたりの絶頂にあと押しされるみたいに、夏奏も達する。

膣奥まで挿しこんだ指を締めつけながら、ガクガクと膝を震わせ、床に零れてしまうほど多量の愛液を噴出させた。

「んっは……はふぁああ……はぁっはぁっはぁっ……」

全身が虚脱していく。全力疾走したあとみたいな疲労感を覚えながら、何度も肩で息をした。

そんな状態で改めて静馬たちを見る。

（えっ……）

すると、静馬と目が合った気がした。

血の気が引いていく。

（気づかれた⁉）

しかし、すぐさま静馬は夏奏から視線をはずすと、改めて玲音とキスをした。

セックスの前にしていたキスと同じくらい濃厚な口づけである。愛情に満ちた恋人どうしのキスにしか見えない。

そうした光景に、夏奏の心にひろがる感情は、虚しさだった。

ふたりの結合部からは精液が溢れ出している。しかし、夏奏の秘部から溢れ出しているのは愛液だけだ。絶頂することはできたけれど、玲音のように満たされてはいない。しょせんは自慰でしかないのだ。

（私も欲しい。私も伊達君の精液が欲しい。伊達君のち×ぽから、熱い汁を搾り取りたい……）

オナニーだけでは満足できない。

（伊達君を……犯したい）

ゴクリッと息を呑んだ。

（って、ダメっ！）

だが、そこまで思考したところで、正気に戻る。

慌てて立ちあがると、濡れた床はそのままに、逃げるようにその場から立ち去った。

職員室に飛びこみ、自分の席に座る。デスクに置かれたPCを開くと、先ほどまでの行為を無理やり忘れ去ろうとするように仕事を開始した。

だが、消えない。

先ほどの光景は脳裏に焼きついたままだ。

それに――。

(犯したい。伊達君を私のものにしたい……私だけのものに)

という感情もだ。

(ダメ。考えちゃダメ)

首を左右に振る。抱いてしまった感情を振り払おうとする。

けれど、拒絶しようとすればするほど、静馬に対する思いはどんどんふくれあがっていった。

(これじゃあ……あのときと……)

そんなどうしようもないほどにふくれあがった劣情に身悶《みもだ》えながら、夏奏は過去のことを思い出すのだった。

2

「二階堂亮です。よろしくお願いします」

ホテルのラウンジにて、メガネをかけたスーツ姿の亮が、爽やかな笑みを浮かべる。

「須野原です。須野原夏奏と言います」

同じくスーツを身に着けた夏奏も、名を告げた。

テーブルを挟んでふたりきりで向かい合う。教師として教壇に立っているおかげか、人なれはしているけれど、初対面でふたりきりという状況には緊張せざるをえなかった。いや、初対面だからという理由だけではない。これがお見合いだというのも大きい。自分がお見合いをするだなんて考えたこともなかったからこそ、こういうときどうすればいいのかがまったくわからず、緊張してしまうのだ。表情だってどうしても硬くなってしまう。

「……緊張しますよね」

すると、夏奏の心中を察したような言葉を亮が口にした。

「気持ちはわかります。俺も同じですから。初対面ですしね。でも、この緊張は初めて会ったからってだけじゃないです。須野原さんだからこそ、というのもあります」

「私だからこそ……ですか？」

「それだけその……あなたが……きれいだってことです」

緊張しているのか、亮の声はきれい――というところで少し裏返った。

「これじゃあ、格好がつきませんね」

亮は顔を真っ赤に染める。

「いえ、そんなことはないです。その……ありがとうございます」

少し緊張がほぐれた。

そのおかげか、そのあとの亮との会話は初対面とは思えないほどに弾んだ。

(二階堂さん……すごく話しやすい。つねに私を気遣って、先に話題を出してくれるから、会話に詰まることもない。二階堂さんだったら好きになれるかも。二階堂さんが相手だったら……私も落ち着けるかもしれない。欲求を……忘れられるかもしれない)

化粧室でメイクを直しながら、そんなことを思う。

夏奏がお見合いをすることになった理由は欲求にあった。

かわいらしい男の子を押し倒し、めちゃくちゃに犯したいという欲である。子供の頃から、年下を見るたびに考えてしまっていたことだ。

してはならないこと、許されないこと——と、頭では理解していても、少年を見るたびにどうしても欲求がふくれあがってしまうのだ。あそこが、子宮が疼いてしまうのだ。ともすれば、本当に少年を襲いそうにもなってしまう。

このままではいつかきっと、自分は犯罪を犯してしまう——考えると怖かった。だから夏奏は、お見合いをすることにしたのである。

男性とつき合えば、その相手を好きになることができれば、欲望を抑えこむことができるかもしれないと考えたからだ。

だから——。

「その、もしよろしければ、私と結婚を前提におつき合いしていただけませんか？」

夏奏のほうから亮にそう告げた。

「俺で……いいんですか？」

「はい。二階堂さん……いえ、亮さんとだったらって、そう思ったんです。ですから、その……私ではダメですか？」

「いえ、ダメなんてそんなこと……あるわけないです。俺のほうこそお願いしたいです。ですから、その、ぜひ、よろしくお願いします」

そうして夏奏は、亮とつき合うこととなった。

恋人どうし――とうぜん頻繁にメッセージのやりとりをし、休日のたびにデートもした。それによってふたりの距離はどんどん縮まっていき、とうとう、ふたりでホテルに入ることとなった。

「はっちゅ……んちゅっ……ふちゅぅっ」

部屋に入るなり、すぐさまキスをした。

どちらからともなく口腔に舌を挿しこみ、口の中を激しくかきまぜた。舌と舌をからめ、唾液と唾液を交換する。どこまでも濃厚な口づけだ。

「んっふ……はふぅう……これ、気持ちいい」

繋ぎ合わせたのは唇と唇だけでしかないというのに、身体中から力が抜けてしまいそうなほどに心地よかった。

「俺も……すごくよかった、夏奏……」

自分を見つめる亮の視線に欲望の色が灯《とも》る。彼の股間部は、キスをしただけだというのに、ズボンを持ちあげるほどに硬く屹立していた。

「すごく……大きくなってる。これって、それだけ私としたいってことなのよね？」

「ああ、そうだよ。だから……」

亮はそう言うと、夏奏の身体を抱きあげ、ベッドに押し倒してきた。もちろん、それだけでは終わらない。服に手をかけ、容赦なく脱がせてくる。白い肌と、黒い下着が剝き出しになった。

その下着もとうぜんのように剝ぎ取られ、生まれたままの姿をさらすことになる。ツンと上向いたFカップの胸、ムチッとした尻、それでいてキュッと引きしまった腰、ムチムチとした太股――グラビアモデルのような体型すべてを、亮に見られた。

「恥ずかしい」

慌てて手で自分の肢体を隠す。

「恥ずかしがることなんかない。すごくきれいだよ」

「そう言われても……男の人に裸を見られるなんて、初めてのことだから……」

夏奏の興味はいつも年下の少年にあった。同年代の男子を好きになったことはない。いや、正確には同年代であっても、年下に見える男子が相手ならば興味を持つことはできた。

けれど、今まで男性とつき合った経験はない。

結婚相手以外とつき合う。それどころかセックスまでするなど、ケダモノと変わりはしない――と、両親から厳しくしつけられてきた結果である。

「そっか……」

夏奏の言葉に、亮はうれしそうな表情を浮かべたかと思うと、改めてキスをしてきた。ふたたび口内に舌が挿しこまれ、かきまぜられる。

「んっふ……んっんっ……んっちゅ、はっちゅ……んちゅぅ」

先ほど感じた愉悦がふたたび全身を駆けめぐりはじめた。緊張で硬くなっていた身体が弛緩《しかん》していく。身体を隠す手からも力が抜けていった。

亮がその手を取り、身体から引き剝がしてくる。乳房や下腹部を亮の視界にさらすこととなった。

「本当にきれいだよ」

亮がうっとりとした表情で見つめている。

「や、見ないで……」

きれいと言われるのはうれしいけれど、肌を見られることにはどうしても羞恥を覚えざるをえなかった。

だが、見ないでと口で訴えたところで、亮は視線をはずしてはくれない。それどころか、剝き出しの乳房へと顔を寄せてきたかと思うと、乳首を咥え、まるで赤ん坊のようにチュウチュウと吸いたててきた。

「あっ！　やっ！　あんっ！　んんん！　ちょっ！　それは……あっあっ！　ダッメ、声……んっんっんっ！　声が……出ちゃうからっ!!」

乳頭を吸われたとたん、ビリッと痺れるような愉悦が走り、反射的に声が漏れ出てしまった。ふだんの自分からは想像もできないほどに甘い声だ。こんな声を出すことができたのかと驚いてしまう。

亮はそうした声に興奮したように鼻息を荒くしたかと思うと、さらに乳首を激しく吸いはじめた。しかも、ただ吸うだけではない。ときには舌で転がすように乳頭を舐めたり、空いた胸を手で何度も捏《こ》ねくりまわすようにもんだりもした。

そのうえで、今度は秘部にも手を伸ばしてくる。指先を割れ目の間に潜りこませ、スジを上下に擦りはじめた。

「嘘っ！　それは……んっひ！　あひんっ！　やっ！　はひっ！　あっあっあっ……はぁああ！　こんな……ダッメ、声が……ホントに抑えられない！　はふぅ！　ちょっと……ダメ……ダメよぉ」

「でも、気持ちいいでしょ。ほら、こういうのはどう。これも……感じるでしょ」

指の動きが変化する。ただ割れ目を擦ってくるだけではなく、指で陰核を摘まみ、シコシコとしごきはじめた。

「はんん！　はひあっ！　あっあっ……はぁああっ!!」

とたんに、性感がより大きなものに変わる。喘ぎつつ、無意識のうちに腰を浮かせてしまった。割れ目が左右に開いていく。ピンク色の柔肉が露になった。ジワッと溢れはじめた愛液によって、媚肉の表面がしっとりと潤んでくる。その汁が亮の指にからみつき、愛撫に合わせてグッチュグッチュと淫靡な音色を奏でた。

「グチョグチョに濡れてる。気持ちいいんだね」

「そんなの……恥ずかしくて……」

「まだ素直に答えてくれないんだ。だったら、こういうのはどうかな？」

一度亮は乳房から唇を離すと、今度は夏奏の両脚を左右に開いたうえで、秘部へと唇を寄せてきた。息が届くほどの至近から、まじまじと肉花弁を見つめている。

「やだ、見ないで……」

「すごくエッチできれいなおま×こだよ。グチョグチョに濡れて、開いたり閉じたりしてる。見てるだけで興奮する……夏奏っ!!」

視線を向けてくるだけでは、とうぜん終わらなかった。

亮の唇が秘部に押しつけられる。

「あっ！　んんんんっ!!」

唇の感触が伝わってきたとたん、一瞬視界にバチッと火花が飛び散るほどの肉悦が走り、全身が震えてしまった。

「夏奏……夏奏……」

上目遣いでそうした反応を観察しつつ、亮は秘部に対する口づけを繰り返す。いや、行動はキスだけでは終わらない。舌を伸ばし、ヒダヒダの一枚一枚をなぞるように舐めはじめる。

陰唇を舌先でなぞりつつ、指での愛撫によって勃起を始めてしまったクリトリスを、舌先で転がすように舐めもした。

「はひんっ！　それ、すごい！　あっあっあっ！　声が……変な声が出ちゃう！　抑えられない！　いい……んひんん！　恥ずかしいのに……き、もちが……いいっ！　あああ……いいの！　亮さん……それ、気持ちいいのぉ!!」

身体中が蕩けそうなほどの快感が走る。愉悦を否定することなどできない。それほどに心地よい。舌の動きに合わせて、何度となく身体を打ち震わせる。

「はぁっはぁっはぁっ！　こんな……すごすぎて……来ちゃう。私……このままだと……イッちゃう。我慢……できない」

「いいよ。イッて。俺に夏奏がイクところを見せて。ほら、もっと……感じて」

快感の上にさらなる快感を刻もうとするように、舌先を膣口に挿入すると、円を描くような動きで舌を蠢かせ、内部をかきまぜる。

「はぁあ！　ホントにイクっ！　こんな……こんなの初めて！　我慢なんて無理……イクっ！　あああ！　私……わ、たし……あっあっあっあっ――はぁあああああっ!!」

強烈な性感が弾けた。

腰を浮かせながら、全身をわななかせ、歓喜の悲鳴を響かせる。膣口からはまるでお漏らしでもしているみたいに、愛液をブシュウウッと噴出させた。

「んっは……はふぁあああああ」

全身が心地よさを伴った気怠さに支配されていく。意識が飛びそうになるほどの肉悦に肢体をヒクつかせながら、うっとりとした吐息を漏らした。

「夏奏……今度は……」

亮はそんな夏奏の秘部から顔を離したかと思うと、身に着けていた衣服をすべて脱ぎ捨て、ガチガチに勃起したペニスを剝き出しにした。そのうえで、ふくれあがった先端部を、ぐったりとした夏奏の口もとへと寄せてきた。

「舐めて……今度は夏奏が俺を感じさせて」

嗅ぐだけで噎《む》せてしまいそうなほど濃厚な牡《おす》の匂いが鼻孔をくすぐってくる。その匂いにジンジンと下腹が疼くのを感じながら、夏奏は亮に望まれるがままに、肉先にキスをすると、舌を伸ばしてそれを舐めはじめた。

「んっちゅ、ちゅれろっ……ふっちゅれろ……れろっれろっれろっ……」

技工などなにもない。

アイスを舐めるように、めちゃくちゃに舌を蠢かせる。

だが、それでも十分気持ちいいらしく、亮は「ああ……それ、それだ」と喘いだ。肉棒自体も喜びを訴えるみたいに、激しくビクつく。肉先からはすぐさま先走り汁まで溢れ出した。少し塩気を含んだ味が舌先に伝わってくる。

「その調子でもっと舐めて。舌で先っぽをなぞったり、カリを刺激してくれ」

「こんな……感じ？　ちゅっろ、んれっろ、ちゅれろっ、れろっれろっ――れろぉ！

むっふ……ふちゅぅう」

求められるがままに舌の動きを変えていく。

尿道口を舌先で抉るように責めたり、カリ首を何度も弾くように舌で刺激すると、ただでさえ大きかった肉棒が、より大きく肥大化した。

「咥えて……夏奏の口で……」

さらなる快感を、亮が求めてくる。

（感じてる。私の攻めで亮さんが感じてるんだ）

そう考えると、なんだかゾクゾクするような感覚が走った。

ずっと頭の中で妄想してきた少年を襲うという欲望が、亮は大人だけれど叶っているような気さえする。もっと責めたい。亮が自分の奉仕によって悶え狂う姿が見たい――さらなる欲求がわきあがってきた。

思いに抗うことなく、ふくれあがった亀頭を咥えると、本能のままに「じゅっず、じゅずるるる！　んじゅるるるぅ」と激しく啜りあげた。

もちろん、ただ吸うだけでは終わらない。

「しごいてくれ……夏奏の口で俺のを!!」

という亮の求めに応じ、ジュボッジュボッと頭を振って肉竿をしごいた。口唇できつく竿を締めつけながら、何度も上下に擦りあげる。同時に頬を窄めて肉棒を啜ると、責めの激しさに比例するように、亮はペニスをより大きく肥大化させた。

（私の口の中でおち×ちんがすごく大きくなってる。今にも破裂しそうなくらい。このまま、吸い出す。私が亮さんを射精させるの）

欲望の赴くままに、口淫の速度を上げていく。食道に届くほど奥までペニスを挿しこみ、喉奥でもキュッと亀頭を締めたりした。

「くうう！　いいっ!!」

愛撫に合わせて亮が悶える。

自分の責めで男が声をあげている有様は、ずっと昔から夏奏が見たい光景だった。

相手は少年ではない。しかし、夢が叶っているような気がする。このまま責めきることができれば、抱いていた欲求を解消することができるかもしれない。

「はっじゅ！　んじゅゅっぽ！　じゅぽっじゅぽっじゅぽっじゅぽっ――じゅぽぉ」

下品な音色が響いてしまうことも厭わず、肉棒をしごき、啜りつづけた。

(このまま射精させる。射精させるの)

ただそれだけしか考えない。

心はこれまで感じたことがないほどに高揚していた。

だが――。

「もう、いいよ」

「――へ？」

亮によって止められてしまった。

まさか行為の中断を求められるだなんて思ってもおらず、戸惑いの視線を向ける。

「どうして？」

「このままだと射精しそうだからさ。その……出すときは夏奏の中がいいから。夏奏だってそうだろ？」

「それは……」

そんなことはない。できることならこのまま精液を吸い出させてほしい——というのが素直な思いだ。しかし、そんなはしたない言葉を口にすることなどできない。

「うん……そう」

本心を押し隠し、頷いた。

「だろ？　だから……」

そう言って亮は夏奏の口もとから肉棒を離すと、膣口へと肉先を向けてきた。正常位で夏奏へと肉棒を挿入しようとする。

（できれば……）

自分が上になって亮を犯したい——そう思った。

だが、やはりそうした本心は隠さざるをえない。

「それじゃあ、行くよ」

夏奏の思いに亮は気づくことなく、腰を突き出してきた。

「あっぐ……んぐっ！　あっあっ……いぎぃっ!!」

ズブズブと肉棒が蜜壺に沈みこんでくる。とたんに、結合部を中心に身体を引き裂かれるような痛みが走った。膣口からは破瓜《はか》の血が溢れ出す。

「大丈夫？」

眉間に皺を寄せて、呻き声を漏らしていると、亮が優しく囁いてきた。

「だい、じょうぶ……くぅうう」

かなり痛い。しかし、搾り出すように答える。

「夏奏……」

そうした姿に愛《いと》おしさでも感じたのか、亮は改めてキスをしてきた。夏奏を気遣うようなとても優しいキスである。

「んんん！　はっちゅ……んっちゅ……むちゅぅう……」

繰り返し啄むようにキスをされ、口内をグチュグチュと舌でかきまぜられた。それに合わせて、痛みが和らいでいく。

(伝わってくる。亮さん……私のことを本当に大切にしてくれてる)

亮の愛情が伝わってきた。純粋にうれしい。

しかし、うれしいけれど、物足りなさを感じてしまう。

破瓜で痛いけれど、そんな痛みさえも気にすることなく、亮に跨がって腰を振りたくりたい。亮を自分から責めて悶え狂わせたい——などと考えてしまう。

だが、頭の中でいくら考えても、それを実行には移せない。

「さぁ、行くよ」

代わりに、亮が動きはじめた。

夏奏を気遣うように、ゆっくり、ゆっくりと腰を前後させてくる。蜜壺にペニスをなじませるような動きだ。

そのおかげだろうか、しばらくすると、痛みがどんどん和らいでいった。代わりに快感としか言いようがない、甘い刺激が走りはじめる。

「んっは……はふぁあ！　あっあっ！　こっれ、んんん！　声……はふぅう！　声を、抑えられない……あっあっあっ」

「それって、感じてるってことだよね？」

「わ、からない……んふぁあ！　はふぅう……わからない、け……ど、でも、きっと……たぶん……そ、う……なんだと……思う」

「そっか、だったら……」

亮は優しく夏奏の頬を撫でるとともに、腰の動きを大きなものに変えた。

先ほどまでの気遣いを含んだ動きではない。本能のままに、激しく根元から肉先まで、ペニスぜんぶを使って蜜壺を蹂躙するように責めたててきた。

「はっふ！　んひんん！　当たる！　こっれ、奥に！　わ、たしの……いちばん奥に当たってる!!　こんな……あっあっあっ！　こんなの……ダッメ！　激しすぎる！　こんな……激しいのなんてぇ!!」

「夏奏……夏奏っ！　出すよ！　夏奏の中に出すよっ!!」

ひと突きごとに肉棒をふくれあがらせる。

ペニスの膨張に合わせて、強烈な圧迫感が下腹部にひろがった。塞がれているのは膣だというのに、呼吸さえも阻害されているかのような気分になる。なんだか息苦しい。だが、その苦しささえも心地よさとして身体は受け止めていた。

けれど、気持ちはいいけれど、満たされるような感覚はない。

(できれば……私が射精させたい。腰を振って……亮さんから搾り取りたい)

欲望ばかりがふくれあがる。だが、頭の中で思うだけだ。実行には移せない。もしかしたらそれが原因で、軽蔑されてしまうかもしれない——などと考えてしまう。

夏奏にできることは、ただ亮の行為を受け止めつづけることだけだった。

「くうう！　出るっ!!」

そして、限界に至った亮が射精を始めた。

「んんん！　あっあっ……はぁあああ！」

（出てる。熱いのが流れこんできてるのがわかるっ!!）

子宮に熱汁が注がれる。熱い汁が自分に染みこんでくるのがわかった。その感覚が心地よい。破瓜の痛みが消えていく。代わりに強烈な性感がふくれあがり――。

「い……イクっ」

初めてのセックスだけれど、夏奏は絶頂に至った。

「あっふ……はふぅううう……」

全身が快感で包みこまれる。ほとんど無意識のうちに自分に重なる亮の身体を抱きしめながら、熱い吐息を響かせた。

（気持ちいい……自分でするのとは、ぜんぜん違う……）

自慰で感じた絶頂感よりも、はるかに心地よい快感だった。

（でも、だけど……）

物足りない。

気持ちはいいのだけれど、なにかが足りないと思ってしまう。

それは間違いなく、自分から亮を責めることができなかったせいだろう。

「はぁああ、最高だった。夏奏も、気持ちよかった？」

そんな夏奏とは裏腹に、亮は心から満足そうな表情を浮かべながら尋ねてくる。

「ええ……すごく、気持ちよかった……」

満足できなかった。まだ足りない——などと答えられるわけもなく、夏奏は本心を押し隠し、笑みを浮かべてみせるのだった。

(大丈夫。今日は満足できなかったけど、すごく気持ちよかった。だから、こういうことを続けていけば、そのうち私から責めることだって……そうなればきっと)

欲求を解消することができるはず——そう自分を慰めながら、夏奏は自分から亮に対してキスをするのだった。


だが、夏奏の願いが叶うことはなかった。

初めてのセックス以後、亮と婚約をし、何度も身体を重ねた。けれど、夏奏のほうから亮を責めることはできなかったのである。

理由は単純だ。

「夏奏さんにそんなまねをさせるわけにはいかない。こういうのは男である俺のほうがすることだから」

と、亮に拒絶されてしまったからだ。

どうやら亮は女のほうがセックスに積極的になることを、はしたないと考えているらしい。

結果、夏奏の欲求不満はさらに高まることとなってしまった。

亮とのセックス自体は気持ちがいい。けれど、感じれば感じるほど、これでは足りないと思ってしまうのだ。自分から動きたい。好きなように亮を責めたい——欲求はどんどん大きくなっていく。

しかし、亮はその欲求を満たすことを許してはくれない。

(なんで……私はこんなにしたいのに……)

考えれば考えるほど、もどかしさが募っていく。セックスの快感を知ってしまったからこそ、欲求もより肥大化してしまった。

セックスをしても満たされないのに、結婚してしまって大丈夫なのだろうかという不安だって覚えてしまう。

そのせいか、気がつけば以前よりもさらに街を歩く少年たちを熱い視線で見つめるようになってしまった。

幼さの残る顔をしたかわいらしい少年を目で追ってしまう。

元気な彼らが自分に押し倒されたらどんな顔をするのだろうか。どんな声で泣くのだろうか。考えるだけで、燃えあがりそうなほどに秘部が熱くなってしまう。

（でも、それはダメ。それだけは……）

しかし、夏奏は大人だ。しかも、教師をしている。善悪の区別がつかないような人間ではない。冷静な思考で自分自身に言い聞かせることで、本能のままに動きそうになってしまう自分をなんとか抑えこんだ。

その少年に会ったのは、そんなときのことである。

それは、学校からの帰り道のことだった。

帰宅時になんとなくファストフード店に寄り、食事をしているとき、夜の街を少年がひとりでふらついていた。見た目は十代前半にしか見えない。そんな子がひとりで歩くにはかなり遅い時間である。だから、妙に目についた。

とはいえ、最初はなにをするつもりもなかった。

自分は教師ではあるけれど、少年は教え子というわけではない。なんの接点もない子供に大人が声をかけるというのは今の世の中ではかなりリスキーな行為だ。ゆえに見て見ぬふりをしようとした。

が、すぐに無視するわけにはいかなくなってしまった。

明らかにガラの悪い三人の男たちが少年にからみはじめたからだ。男たちは大学生くらいに見える。対する少年は本当に子供だ。放っておけば、どんな目に遭わされるかわかったものではない。

さすがに見すごすことができず――。

「はい、子供です。ひとりの子供がガラの悪いやつらに……」

警察に電話をしているふりをして、少年たちに近づいていった。

それに気づいた男たちは舌打ちをすると、あっさりと逃げるようにその場を立ち去っていった。無茶をしてまで襲うつもりはなかったらしい。

「大丈夫だった？」

スマホをポケットにしまい、少年に微笑みかける。

「あ、その……ありがとうございました」

少年はホッとした様子で、深々と頭を下げた。

態度はかなり丁寧である。夜の街をひとりでふらつく不良とは思えない。

「べつにいいのよ。それより、キミ……名前は？　それに、こんな時間にひとりでなにをしていたの？」

深入りはしたくないけれど、声をかけてしまった以上、そういうわけにはいかない。

「えっと、その……」

「ちなみに私の名前は須野原夏奏よ。清水ヶ原《しみずがはら》高校で教師をしてるの。だから、いちおう怪しい人間ではないわ」

安心させるために、名前と職業も告げる。

そのおかげか、

「……僕は神奈《かんな》です。神奈翔太《しょうた》」

と、少年――翔太も名を告げてくれた。

「神奈君ね……それで、キミはここでなにをしていたの。けっこう長い時間いたわよね。キミみたいな子が出歩くような時間じゃないと思うけど」

「え、その……ごめんなさい」

翔太は慌てて頭を下げる。

「べつに謝る必要なんかないわよ。人にはそれぞれの事情があるからね。だから、怒ったりなんかしてないし、叱ったりするつもりもない。ただ理由が知りたかっただけ。なにかの縁だしね」

できれば、かかわらないほうがいいだろう。しかし、少しでもかかわってしまった以上、もう放っておくことはできなかった。

そうしたことを伝えると、翔太は少し悩むようなそぶりは見せたけれど、

「家に帰りたくなかったんです」

と、自分の思いを口にしてくれた。

「どうして？」

「……家にいてほしくない人がいるから」

問いに対し、ポツポツと翔太は言葉を重ねる。

それによると、現在翔太の家には、母親の恋人が来ているとのことだった。母親とその男がふたりでいるところを見たくない。だから、家を飛び出して、夜の街で時間をつぶしていたとのことだった。

「なるほどね。まぁ、気持ちはわからないでもないかな。私だって、もし同じような状況だったらいやだと思うし。でも、キミみたいな年齢の子がこんな時間にひとりで街にいるってのは問題ね。事件になりかねない。現にさっきは危なかったし」

「それは……そうですね」

まだまだ幼さが残る少年だけれど、かなり素直に話を聞いてくれる。

そうした翔太の態度に、少し胸がざわつく。素直ないい子というのが、夏奏のタイプだからだ。

だからだろうか。

「でも、家にはいたくないのよね？」

「……はい」

「そっか、だったら……この時間でよければ、私がいっしょにいてあげようか？」

気がつけばそんな提案を口にしてしまっていた。

（って、なにを言ってるの。そんなのダメに決まってるでしょ!!）

と、理性では思う。

いい大人が少年とふたりきりなんて危険だ。通報されてしまってもおかしくはない。

（すぐに撤回しないと……）

やはり今のはなし――と、翔太に伝えようとする。

けれど、それよりも早く――。

「本当ですか？」

翔太が救いの神を見つけたとでもいうような笑顔を、夏奏へと向けてきた。

どこまでも無邪気な顔だ。本当にかわいらしい。夏奏の好み、ど真ん中である。

結果、夏奏は、

「その、大人として……教師として……放ってはおけないから」

と、言い訳のような言葉を口にするしかなかった。

以後、毎日のように夏奏は翔太と顔を合わせた。

会うたびに、翔太は夏奏へと笑顔を向けてくれる。どこまでも無邪気で純粋な笑みだ。心からかわいらしいと思ってしまう。こんな子を自分のものにしたい——とも。

だが、ふくれあがる欲求を夏奏は必死に抑えこんだ。

子供を襲うなんてあってはならないことである。それに、夏奏には亮という婚約者だっているのだ。結婚し、ともに人生を歩んでいく相手を裏切ってはならない——そんな思いで、欲望に抗った。

そんなある日——。

「先生……今までありがとうございました」

唐突に、翔太が礼の言葉を口にした。

「いきなり、どうしたの？」

出会ってから三カ月ほどがすぎているけれど、今までこんなふうに礼を言われることなどなかったので、正直驚いてしまった。

「じつは、その……例の恋人と母さんが別れたんです」

「あ、そうなんだ……それはよかったわね」

翔太の言葉に笑顔を浮かべる。

しかし、その口もとは引き攣っていた。

(翔太くんが私と会っていたのは、家に帰りたくなかったから……つまり、家に帰る理由ができたら、もう……私とは……)

考えると心が冷えていく。血の気が引くとでも言うべきかもしれない。

「えっと、それじゃあもう、この時間にここに来る必要はなくなったってこと？」

動揺を必死に押し隠し、問う。

「そういうことになります。それにその……僕、引っ越すことにもなりましたから」

「引っ越し……この街から出ていくってこと？」

「……はい」

心機一転、別の街でやり直そうと母親は決めたらしい。

「僕も特に、今の学校に友達とかもいませんから、そのほうがいいかなって」

翔太も母親の決定を受け入れているようだ。

「……そっか」

ふだんと変わらぬ表情で夏奏は呟く。

ただ、その胸は今にも破裂しそうなほどに激しく鼓動していた。まるで全力疾走でもしたあとのようですらある。

この子がいなくなる——考えるだけで息が詰まりそうになる。

種類は違うけれど、自分のように悩みを抱えていた翔太が、ひとりだけそれを解消してしまった。そのうえ、夏奏の前からも消えようとしている。

そう考えると、なんだか腹が立ってきた。

しかし、翔太は夏奏のそんな感情には気づいていない。

「本当に今までありがとうございました。先生のおかげで、ぜんぜん寂しくなかったです」

どこまでも幸せそうな表情だ。

その笑みを見た瞬間、なにかが心の中で切れるような音が聞こえた。

「……ねぇ、ちょっといい。キミにお祝いをあげたいの」

静かに切り出す。

「お祝いですか。そんなのべつにいらないですよ」

「ううん。あげたいの。だって、キミの悩みが解決したんでしょ。新しい門出なんでしょ。だったら……ここまでつき合ってきた仲だしね。それくらいはしてあげたいね、いいでしょ？」

まっすぐ翔太を見つめる。

対する翔太は少し遠慮がちな表情を浮かべていたものの、やがて、

「先生がそう言ってくれるなら……はい」

と頷いてくれた。

「よかった……それじゃあ、こっちに来て……」

そう言って歩き出す。人通りの少ない路地裏へと翔太を伴って入った。

そしてそこで夏奏は、自分の欲望の赴くままに翔太を犯したのである。

(犯した。犯した。ああ……ついに……)

地面に倒れた翔太が泣いている。涙を流している。

けれど、罪悪感なんかない。心にひろがるのは充足感と幸福感だった。

ずっと心のうちにあった欲望がついに満たされたと言うべきかもしれない。ここまでの満足感を得られたのは、たぶん生まれて初めてのことだろう。

それゆえに、胸が疼いた。もっともっとめちゃくちゃにしたい。この子をグチャグチャに犯してしまいたい——そんな感情が抑えがたいほどにふくれあがってくる。犯せばきっと、もっと幸せになることができる。もっと心が満たされる。

(この子のぜんぶは私のもの……誰にも渡さない)

欲望がどんどん肥大化した。

まだ足りない。もっと精液を絞り取りたい——そんな思いのままに、さらなる凌辱を加えようとする。

だが、そんなタイミングで、ポケットに入れたスマホが振動した。

とたんに——。

(え、あ……私……)

正気に戻る。現実に、心が引き戻された。

呆然と翔太を見る。

下半身が剝き出しの状態で泣いているその姿は、無残と言ってもいいだろう。

(私……なにを……なんてことを……)

犯罪だ。

自分がしたことは許されない罪だ。

視線が泳いでしまう。冷や汗が身体中から溢れ出した。

恐怖感もふくれあがってくる。

そして夏奏は、泣く翔太をこの場に残して逃げ出した。


それから一年がすぎた。

あの日から、翔太とは会っていない。

警察が家に来るようなこともなかった。たぶん、翔太はあの出来事を誰にも話さなかったのだろう。

（でも、捕まらなかったのは奇跡みたいなものだと思う。だから、しない、あんなことはもう二度と……）

強く心に誓った。

亮とも結婚し、表面上はなにごともなかったかのように過ごした。

だが、それでも、心のうちにはあの欲望がくすぶっていた。

またしたい。もう一度、かわいらしい少年を犯したい――どうしてもそんなことを考えてしまう。翔太を犯したことで快感を知ってしまった。ゆえに、欲求もこれまで以上に大きなものになっていたのである。

そんなとき、夏奏は出会ってしまった。

翔太よりもさらに、自分好みのかわいらしい顔をした少年――伊達静馬に。

静馬は夏奏によく懐いてくれた。趣味が合っているからか、積極的に話しかけてくる。仕事の手助けもよくしてくれた。

好ましい少年である。ゆえに思ってしまう。この子を犯したい――と。

（でも、ダメ！　それだけは、ダメっ!!）

静馬は自分の生徒だ。翔太よりもさらに近い存在だ。そんな子を犯したら、今度こそ逮捕されてしまうかもしれない。それに、きっと翔太と同じように静馬だって絶望するはずだ。裏切られた――というような表情を自分へと向けてくるはずだ。

（伊達君にそんな顔……）

想像するとそれだけで、ゾクゾクしてしまう。

見たい――と思ってしまった。

自分を止めるはずの想像で、さらに欲望をふくれあがらせることとなってしまう。

我ながら度しがたいと思わざるをえなかった。

だから、そうした欲望を振り払うために、これまで以上に夫に甘えるようになった。

自分から積極的に亮にセックスをねだった。夫とのセックスでは完全に満足することはできない。それでも、わずかな間でも性欲を解消することはできる。

夏奏は無意識のうちに夫を自分の性処理道具としていた。

そのせいだろうか。

気がつくと、夫の自分への態度がなんだかよそよそしいものになっていた。

なにかを隠しているような態度とでも言うべきだろうか。

その答えを、夏奏はよりにもよって静馬といっしょにいるときに知ることとなった。夫が知らない女と、恋人どうしのように腕を組んで街を歩いていたのだ。

それにより、夏奏の逃げ道はなくなってしまった。

「先生、なにかあったんですか？」

夫の浮気を知ってから、鬱《ふさ》ぎこむようになってしまった夏奏の変化に気づいたのは、静馬だった。

「僕は先生のことが好きです。すごく尊敬もしてます。だから、先生がつらそうな姿なんて見たくないんですよ。お願いします。教えてください」

真剣な顔で問いかけてくる。

好き——もちろん、教師として、人として好きという意味だろう。けれど、とても胸がドキリとしてしまった。

ここまで自分を思ってくれているこの少年を犯したい。めちゃくちゃにしたい。自分のものにしたい——抑えがたいほどに、欲望がふくれあがってくる。

だが、そうした思いは必死に押し隠し、たんたんと夫が浮気していたということだけを告げた。

それに対し、静馬が口にした言葉は——。

「僕だったら、先生を悲しませたりなんかしません。僕だったら、ぜったいに……」

などというものだった。

本当に夏奏のことだけを思ってくれている言葉である。

だからこそ、胸に深く突き刺さった。

（犯したい……やっぱりこの子を犯したい……）

欲望に心が侵食されていくのを感じた。

3

——そして、現在。

もはや夏奏の欲求は、理性だけでは抑えきれないほどに肥大化していた。

静馬と玲音のセックスによってトドメを刺されてしまった——と言っても過言ではないだろう。

（でも、だからって……）

動くことはできない。

翔太のときに逮捕されなかったのは奇跡のようなものなのだ。また同じことをしたら、今度こそ人生が破滅しかねない。

(でも、だけど……破滅したって……)

欲望を叶えられるのならば、それでも構わないとさえ思ってしまう。

静馬を自分のものにできるのならば、死んだって構わない。

スマホを取り出し、ディスプレイを見る。

そこには隠し撮りした静馬の顔が映し出されていた。

静馬のかわいらしい顔を指でなぞる。そのまま唇を近づけて、キスさえしようとする。

そんなとき、家のインターホンが鳴った。

(亮さんが帰ってきた……いいえ、それはないわよね)

ここ最近、亮の帰りはほぼ深夜になっている。彼いわく残業とのことだが、たぶんあの日の女と会っているのだろう。こんな早い時間に帰ってくるとは思えない。

では、誰なのか。

インターホンのモニターを見る。

すると、そこには——。

「……迫水さん？」

静馬の恋人である迫水玲音の姿が映っていた。

第六章　迫水玲音の場合

1

「えっと、お邪魔します」

「ああ、入って」

遠慮がちに家に入ってきた恋人の静馬を、玲音は笑顔で迎える。

今日は両親が留守にしているから来てほしい――と、玲音のほうから招待したのだ。

こうして静馬がこの家に来るのはもう五度目になるだろうか。しかし、いまだ慣れていないらしく、静馬の顔には緊張の色が浮かんでいた。

「今さら緊張するような仲でもないでしょ」

恋人のそんな姿に少し苦笑しつつ、ふたりでリビングに入ると、玲音は間髪をいれずに自分から静馬の身体を抱きしめ、ためらうことなくキスをした。それも、ただ唇を重ねるだけのキスではない。自分から積極的に静馬の口内に舌を挿しこむ。

「はっちゅ、むちゅっ！　ふっちゅ……ちゅっちゅっ……んっちゅる。ふちゅるぅ。ちゅれっろ……んれろ……れろっれろっ……ちゅれろぉ」

淫猥な水音がリビング中にひろがる。

ふだん、両親とともに過ごしている部屋には似つかわしくない音色だ。こんな音をこの場で響かせることになるなんて、幼い頃は想像もしたことがなかった。だからなのか、唾液と唾液を交換する音色を聞いていると、ふだんよりも強い興奮を覚えてしまう。

舌をくねらせているだけで、ジンジンと燃えあがりそうなほどに秘部を疼かせてしまう。

それを訴えるように、玲音はキスを続けつつ、静馬の下腹に手を伸ばす。ズボンの上からねっとりとした動きで、股間部を撫でまわした。

「はっあ！　くうう……先輩……それっ！　はぁあああ」

ねっとりとした手つきでズボン越しに肉棒を擦りあげる。すでに何度もセックスをしてきているおかげか、どこをどう責めれば静馬が感じるのかはよくわかっていた。

これまでの経験を総動員して、ゆっくりと肉棒全体を擦りあげていく。

玲音の愛撫に合わせて、静馬が肢体をビクつかせながら、心地よさそうに喘いだ。

肉棒もどんどんふくれあがってくる。ペニスの熱い火照りはズボンの上からでもわかるほどである。

「静馬のおち×ちんは、すぐに大きくなるね。すぐにでもしたいって、おち×ちん自体が訴えているみたいだよ」

いったんキスを中断し、静馬の耳もとに唇を寄せ、囁きかけるとともに、舌を伸ばして「んれっろ、ちゅれろぉ」と耳たぶを舐った。

「はひっ！　それ、いいですっ!!」

静馬の表情が愉悦の色に歪《ゆが》んでいく。

せつなげに潤んだ瞳は、今にも泣き出しそうにさえ見えた。

（あたしが静馬にこんな顔をさせてるんだ……）

そう考えると、下腹の疼きや火照りがより大きなものに変わっていく。間違いなく、秘部からは愛液が分泌され、ショーツに染みを作っていることだろう。

もっと感じさせたい。もっと悶える静馬が見たい——そんな感情がどうしようもないくらいにふくれあがっていく。

そうした思いに抗うことなく、玲音は静馬の身体を近くのソファに押し倒した。ギシッと軋んだ音色が響く。

(壊したら、パパに叱られるな)

どこか冷静な心でそんなことを考えつつも、行為を中断したりはしない。

「ンンンッ！　ふっちゅる。んっちゅ、むちゅっ！　ちゅっちゅっ――ふちゅぅ」

わきあがる思いのままに、改めて静馬にキスをした。

それとともに、ズボンの上から勃起したペニスを握りしめ、竿部分をシコシコとしごきはじめる。

「うっく！　す、ごいっ！　あっは！　はぁあああっ!!」

手の動きに合わせて静馬が歓喜の悲鳴をあげた。同時に、ズボンに内側からジワッと染みができていく。亀頭から先走り汁を分泌させているらしい。指を密着させると、それだけでクチュッという音色が響いた。

「これ、たくさん汁が出てるみたいだね。そんなにあたしとのキスで興奮したのかしら。あたしにおち×ちん擦られて、感じたの？」

染みから指を離すと、ツツッと粘液の糸まで伸びた。濃厚な牡の匂いも漂いはじめる。女の本能を刺激するような香りと熱気に、ゴクッと喉を鳴らす。

「はい……感じてます」

「そっか……でも、これくらいで満足するんじゃないよ。本当に気持ちがいいのはここからなんだからね」

より強い快感を刻んでやりたくなる。

わきあがる思いに抗うことなく、静馬の服を剝ぎ取った。静馬の肌やペニスが露になる。それを熱感のこもった視線で見つめつつ、玲音自身も身に着けていた服をすべて脱ぎ捨て、恋人の前で全裸をさらした。

プルンッと揺れる乳房や、引きしまった下腹を見た静馬のペニスがさらに大きくふくれあがっていく。

「ガチガチだね」

パンパンに膨張した亀頭を見て微笑みつつ、玲音はゆっくりと乳房を肉棒へと寄せていった。

「あたしの胸は大きくないから、満足させることはできないかもしれないけど」

そんな前置きとともに、胸の谷間をグッと肉棒に押しつける。そのまま身体で強くペニスを圧迫した。

「うあっ！　くぅううっ!!」

静馬の全身とペニスがビクビクッと震える。胸を通じて伝わってくる脈動に、生々しさを感じた。

「たっぷり感じさせてあげるからね」

とうぜん、乳房で圧迫するだけでは終わらない。本番はここからだ。

口内でグチュグチュと唾液を分泌させ、それを吐き出す。多量の汁でペニスを濡らした。そのうえで、上半身をくねらせる。先ほどの唾液を潤滑剤として、それほどない胸の谷間で肉竿を擦りあげた。

「はっふ……んふぅ……はぁっはぁっはぁっ……どう。痛かったりはしない？　気持ちよくなっている？」

胸が大きくないので、もしかしたら快感よりも痛みを与えてしまっているかもしれない——少し心配だった。

「い、いいです。気持ちいい。すっごくよくて……あああ！　こんなの、ちょっとも我慢できそうにない……ですぅっ!!」

が、杞憂《きゆう》だったらしい。

静馬は心地よさそうに喘ぐ。肉棒を先ほどまで以上にビクつかせつつ、尿道口から白く濁った汁をトロトロと分泌させた。ムワッとわきたつ牡の発情臭もどんどん濃いものに変わってくる。

「すごいな、静馬のおち×ちん……どんどん熱くなってきてるよ、あたしの胸が火傷《やけど》しそうなくらいに。それに、こんなにビクビクさせるなんて……少し擦っただけなのに、もう射精しそうになってるんだね」

静馬とはもう何度も身体を重ねている。肉棒の反応で射精が近いことはすぐに理解できた。

「いいよ。出したいなら出して。私に静馬の熱い精液をぶっかけて……んっふ、はふんん！　んっんっ……んふぅうう」

上半身をより淫らにくねらせ、肉棒への刺激を増幅させていく。ただ乳房で押しつぶすだけではない。ときには勃起した乳首で亀頭を撫でまわし、ときには肉竿を小さな谷間で挟みつつ、亀頭部に唇を押しつけ、先端部を「じゅっず……じゅずるるるぅ」と啜りあげたりもした。

どこまでも積極的に、ペニスを責めつづける。

「で、出るっ！　あああ……先輩……出ますっ!!」

それがよほど心地よかったのだろう。あっという間に静馬は限界に達した。腰とペニスをわななかせるとともに、白濁液を撃ち放つ。ドクッドクッドクッという肉棒の脈動が、乳房を通じて伝わってきた。

「んんん！　はっふ、くふぅうう」

身体に、顔に精液をかけられるかたちになる。

（染みる。静馬の熱いのがあたしに……）

自分の身体が静馬の色に染められていくような気がする。なんだかとても幸福感を覚えることができる感覚だ。

「はぁああ……はふぅう……今日もたくさん出したね」

胸もとやアゴのあたりに熱汁の感触を覚えつつ、うっとりと微笑んでみせた。

もちろん、ただ笑うだけではない。

指で精液を拭い取ると、それを咥えて啜りあげたりもした。

（やっぱり……まずいな）

とてもではないが、おいしい味とは言えない。正直、口に含むだけで吐きそうにもなってしまう。本来であれば、とても不快な味と臭《にお》いだ。しかし、これが静馬のものだと考えると、その不快感さえも愛おしく感じることができてしまう。

だから、ジュルジュル精液を啜りつづけた。

いや、精液だけではない。

「こっちもきれいにしてあげるからね」

射精を終えたばかりのペニスを咥える。

「んっちゅる、ふちゅっる……ちゅるる……んっちゅ……ちゅっぽ……んっじゅぼ、ちゅるる……ふっじゅるるるるるぅ」

肉棒にこびりついた精液を啜りあげた。さらには尿道口に残っているだろう汁も吸い出す。静馬のものならばすべて欲しいと訴えるような、濃厚なお掃除フェラだ。

「先輩、僕っ!!」

よほど心地よいのだろう。静馬はすぐさま肉棒をふくれあがらせる。一回の射精では足りないと、ペニスそのものが訴えているかのようだ。

「ああ、わかってる。あたしだって……」

どうしようもないほどに秘部が疼いてしまっている。早く肉棒が欲しいと身体が叫び声をあげた。

そうした欲望に流されるがままに、静馬に跨がろうとする。本能の赴くままに静馬を犯したい——そんなことを考えてしまう。

だが、実行に移す前に、玲音は動きを止めた。

「……先輩？」

不思議そうに、静馬が首を傾げる。

「……その、静馬……来て」

そんな静馬に対し、玲音は床に寝転がると、両脚を開いてみせた。

(できることなら、あたしから静馬を犯したい。静馬をめちゃくちゃにしてみたい。でも、それっておかしいことだよね。女から男を犯すとか……ありえない。そんなばかみたいなことをしたら、静馬に嫌われるかもしれない……)

初めて静馬とセックスをしたときから、ずっと抱いていた思いだった。

こんなおかしな思考をなぜしてしまうのか。玲音自身わからない。けれど、たぶんそれは、静馬がかわいすぎるのが悪いのだろう。

一歳年下とは思えないほどに、静馬の見た目は幼い。それゆえに、襲いたくなってしまうのだ。自分に犯されて泣く静馬を見たいと思ってしまうのだ。

しかし、その欲望を曝け出すわけにはいかない。

ゆえに、恥ずかしさを覚えつつも、ひっくり返ったカエルみたいな体勢を取り、静馬からの行為を求めた。

それに対し、少し静馬は戸惑うようなそぶりを見せた。

が、それは本当に一瞬のことでしかない。

「わかりました」

すぐさま静馬は身を起こすと、ぱっくり開いた膣口に、射精後とは思えないほどガチガチに勃起したペニスの先端部を密着させた。

「んんんんっ」

肉槍の熱感が伝わってくる。それだけで一瞬視界が白く染まるほどの、甘い愉悦を含んだ刺激が全身を駆け抜けていった。ジュワッと愛液も溢れ出る。

「挿れます、先輩の中に……」

「ああ、来て」

欲しい。早く――膣口をより大きく開き、密着した亀頭に吸いつかせた。同時に、静馬が腰を突き出してくる。メリメリと肉穴が拡張され、子宮口に届くほど奥にまで、肉槍が一気に突き入れられた。

「あんん！　はぁあああああ」

息が詰まりそうになるほどの圧迫感がひろがる。けれど、感じるものは苦しさではなく、快感だ。身体中から力が抜けそうになるレベルの心地よさに、愉悦の悲鳴を漏らしつつ、静馬の背中に手をまわす。

すると、静馬も玲音に身体を密着させた。そのまま、唇を重ね合わせる。

「んんんっ！　んっちゅる……ふちゅぅ」

繋がり合いながらのキス――まるで全身を静馬とひとつに溶け合わせているような気がする。身も心も満たされていくような感覚だ。

けれど、完全に満足することはできない。

気持ちがいい。心地よい――そのはずなのに、これだけでは足りないと思ってしまう。

なぜそう思ってしまうのか。理由は考えるまでもないだろう。

自分からしていないからだ。

静馬を組みしだいて、めちゃくちゃに腰を振ってみたい――そんなことを考えてしまっている。

(でも、それはできない)

「……動いて、静馬。めちゃくちゃにあたしを突いてくれ」

不満を忘れさせてほしい。これでは足りないと思えなくなるぐらいの刺激を刻んでほしい――潤んだ瞳で静馬を見つめる。

「はい、先輩っ！」

求めに、静馬は答えてくれる。

頷くとともに、もう一度キスをしてきたかと思うと、腰を振りはじめてきた。玲音の肉壺をほじりまわすみたいに、ズコズコと肉槍を挿したり抜いたりする。

「あっは……んはぁああ！　ふっちゅ……んちゅっ！　むちゅぅぅう……そ、そう、それ！　そんな感じっ！　そうやって……んっふ、むっちゅ……んちゅるるるぅ！つ、突いて！　もっと……あたしの奥を突いてっ!!　おち×ちんを……子宮に当ててぇっ！　あっあっあっあっあっ!!」

身体が前後に揺さぶられるほどの激しい抽挿を受けつつ、さらなるピストンを求める。それは言葉だけではない。膣奥を突かれるたび蜜壺を収縮させ、ギュッギュッギュッとリズミカルにペニスを強く締めつけた。

「先輩！　ああ……先輩っ!!」

よほど心地よいのか、静馬は今にも泣き出しそうな表情を浮かべつつ、抽挿の速度を上げる。ひと突きごとに、ただでさえ大きな肉槍をより肥大化させてきた。

「大きい……静馬のおち×ちん、あたしの中でどんどんふくらんできてる!!　あっあっあっ！　いいっ！　静馬……こ、れ……いいっ!!　んひんんっ！　すごく……感じるのぉおおっ!!」

膨張に比例するように、肉悦もふくれあがってくる。脳髄まで蕩けそうなほどの心地よさが全身を駆けめぐっていく。

しかし――。

(いい。本当にいいっ!!　なのに……それなのに、あた、し……足りないって……これだけじゃ、ダメって思っちゃう。されるだけじゃ、ダメって……)

気持ちがいいはずなのに、もどかしさも同時にふくれあがってしまう。

自分からも動きたい。自分からも静馬を犯したい――わきあがってくるものはそんな感情だった。

思いに抗うことはできない。

「しず……ま……んふぅう!　静馬っ!!　静馬ぁ!　あっあっあっ――んぁああ」

両脚で静馬の腰をギュッと強く挟みこむと、ピストンに合わせて、ついに自分からも腰を振りはじめた。

これまで以上に膣奥まで肉槍を呑みこんでいく。亀頭に子宮口を吸いつかせる。ペニスから精液を吸い出そうとするように、貪欲に責めたてる。

「そ……れ!　ああっ!　いいっ!!　それいいっ!!　先輩……これ、すごくいい!　いいですぅ!　あっあっあっ!!」

玲音の動きに合わせて、静馬がまるで少女のように喘いだ。

せつなげな表情を浮かべながらペニスや全身をビクつかせ、甘い悲鳴を漏らす——そんな姿に玲音の胸は激しく疼いた。蜜壺もさらに熱を帯びてくる。

（これ……この顔が見たかった。静馬のこの顔が……）

いや、これだけでは足りないとも思ってしまう。もっと泣かせたい——そんな劣情まで、どうしようもないくらいにふくれあがってきた。

そうした本能に抗うことなどできず、グラインドをより大きなものに変えていく。腰を激しく振りたくりつつ、ヒダヒダの一枚一枚で、これまで以上にきつく静馬のペニスを締めつけていった。射精を促すように竿を搾りあげていく。

「はぁああ……出っる！　先輩……出ちゃぅ！　僕……出ちゃいますぅっ!!　あっあっあっ！　はぁあああ!!」

「構わないよ。出して！　あたしの中に出して!!　あ、たしも……んんんっ！　イックー！　イクから!!　静馬のおち×ちんでイク……から！　だ、から……んっふ！　はふぅう！　だから、いっしょに!!　静馬の精液を……子宮で感じさせてぇ!!」

子宮口をクパッと開き、亀頭に吸いつかせる。直接白濁液を流しこんでと身体で訴えた。

「うああ！　先輩！　出っる！　出ます!!　出ちゃいますぅ!!」

それがよほど心地よかったのか、静馬はあっという間に限界に至る。

「うっく！　くぅううう!!」

呻くとともに、これまで以上に膣奥深くまでペニスを突きたててきたかと思うと、ためらうことなく精液を撃ち放ってきた。

「あああ……はぁあああああっ!!」

ドクドクと脈動するペニスから放たれた熱い汁が、直接子宮に流しこまれる。精液の熱気が下腹部にひろがった。自分の身体に静馬が沁《し》みこんでくるような感覚が走る。身体が満たされていくのを感じた。

「い……いいっ！　イクっ！　あたしも……イクっ!!　静馬……あ、たしも……イクイク——イクぅっ!!　あっは、んはぁあああ！」

充足感が絶頂感へと変換される。抗えないほど強烈な快感の波に流されるがままに、玲音も絶頂に至った。膣内で脈動しつづけるペニスに合わせて、玲音も身体を何度となくビクつかせる。

「いい……本当に気持ち、よかったぁあ……」

全身が弛緩するような愉悦に、うっとりと息を吐いた。

そんな玲音と繋がり合ったままの状態で、静馬も「はぁはぁはぁ」と何度も肩で息をする。

その顔がなんだかとても愛おしくて、玲音は静馬の頬を両手でつかむと、グイッと彼の顔を自分のほうへと寄せた。そのままふたたびキスをする。好きだという思いを伝えるように、グチュグチュと淫靡に口内をかきまぜた。

それとともに、改めて蜜壺をキュッと締める。射精を終えたばかりのペニスを、膣壁で改めて圧迫した。

「ふああっ！」

とたんに、静馬が泣く。ビクンッとペニスも震えた。

眉根に皺を寄せ、口を開けて喘ぐ——静馬のそうした反応に胸がゾクゾクとする。こんな反応をもっと見たいという思いがふくれあがってきた。

そうした思いに流されるがままに、ただペニスを締めつけるだけではなく、改めて腰まで振りはじめる。

「んっは！　はぁああ！　あっあっ！　ちょっ！　だ、ダメです、先輩。出した……今、出したばっかりで敏感になってますから！　ちょっと……うぁあ！　ちょっと待ってく、だ……さいぃいっ!!」

始まった抽挿を、静馬が情けない顔で止めようとする。

「待って……本当にいいの……静馬のおち×ちん、出したばっかりとは思えなくらい大きくなってるよ。ほら……んっふ、はふんんっ!! 本当はもっと……ふうっふうっふうっ……もっと激しくしてほしいんでしょ？」

もっと静馬のこんな顔が見たい——欲望がわきあがってきた。そうした思いのままに、恋人の願いを却下し、抽挿をより大きなものに変えていく。

「ほら……こうやって、射精したばっかりのおち×ちんを……んっんっんっ……おま×こでジュボジュボされたいでしょ？」

「ああ……はぁあああ!!」

玲音が抽挿を激しくすると、静馬が漏らす喘ぎ声も大きなものに変わった。喜びを肉体で訴えるように、ペニスを射精前よりも肥大化させる。

「大きくなってるよ。あたしの中で静馬のおち×ちんがもっと……んふぅう！ こうかな。これが……あっあっあっ！ これが、いいのかなぁ？」

正常位である。

しかし、玲音のほうから一歩的に腰を振る。

のしかかってきているのは静馬だけれど、犯しているのは間違いなく玲音だ。

（これ……これだ！　これっ!!　静馬を……んんん！　静馬をもっと、めちゃくちゃに！　これが……あたしが……したかったセックスっ!!）

ただ腰を前後に振るだけではない。

ときには左右にくねらせ、ときには子宮口を亀頭にグリグリ押しつけたりもした。

そのうえで、締めつけも強くしていく。肉棒を今にも押しつぶしそうなくらいに圧迫した。

（イクっ！　このままイクっ!!　静馬から精液……搾って、あた……しもイクっ!!　静馬といっしょにぃっ!!）

ふたたびの絶頂に向かって駆けあがっていく。

なんとなく部屋に置かれた鏡へと視線を移したのは、そんなときのことだった。

「――あっ」

鏡に映る自分と目が合う。

その顔は、情欲に塗れていた。目が血走っている。頬は真っ赤に染まり、口は開きっぱなしだった。発情した一匹の牝《めす》――としか言いようのない表情を自分が浮かべている。

（あ……これ、ダメ……）

自分の顔とは思えないほどに、肉欲に溺れきってしまっている。あまりにはしたない顔だった。

唐突に正気が戻ってくる。こんな顔を静馬に見せてはいけないと思ってしまう。

自然とピストンを止めてしまった。

「え……先輩？」

いきなり行為が中断されたことに、静馬が戸惑いの表情を浮かべる。

そんな静馬のペニスを膣から引き抜くと、今度は四つん這《ば》いになり、尻を突き出すような体勢を作った。

「静馬から挿れて……動いて」

できれば腰を振りたくりたい——けれど、静馬に幻滅され、軽蔑されてしまうかもしれないと考えると、これ以上主体的に動くことはできなかった。だからこそ、静馬のほうからの攻めを求める。

「……は、はい」

対する静馬は困惑しつつも頷き、後背から肉棒を突き入れてくれた。

「あぁあ……んふぅう……これ、深いっ」

正常位のときよりもさらに奥まで肉棒が入ってくる。子宮が押しこまれ、内臓が圧迫されるような感覚が走った。その心地よさに自然と熱のこもった吐息が漏れる。

「そのまま……犯して……後ろから、あたしを……めちゃくちゃにして……はぁっはぁっはぁっ」

先ほど注がれた精液と愛液が混ざり合った汁を結合部から垂れ流しつつ、おねだりの言葉を向ける。

「それじゃあ……行きますっ‼」

静馬は素直に求めに従い、腰を振りはじめた。

「んっく！　はんん！　あっあっあっ！　はぁあああ」

尻に静馬の腰がたたきつけられる。パンパンパンッという音色が響くほどの勢いだ。

玲音の身体が前後に揺さぶられた。尻肉が波立つように震える。日焼けしておらず、白いままの尻が、赤く染まってしまうほどの勢いだ。

繰り返し膣奥に肉先が突きたてられる。膨張した亀頭で子宮口がたたかれた。

そのたびに視界に火花が飛び散るほどの刺激が走る。

「それっ！　んひんんっ！　静馬っ！　いいっ！　そ、れ……いいっ‼　あっあっあっ！　すごく……深くて、ズンズンくる！　これ、好きっ！　好きだぁ‼　この調子で、静馬ぁ……もっと激しく！　もっと深く！」

髪を振り乱し、汗を周囲に飛び散らせながら、もっともっとと求める。実際、突きこみに合わせて性感はどんどんふくれあがっていた。

ただ、心のどこかではやはり自分も動きたい――と思ってしまう。けれど、そうした思いは必死に抑えこみ、静馬にされるがまま喘ぎつづけた。

「くうう！　出る！　出ます！　また……我慢、できませんっ!!」

やがて、静馬がふたたびの絶頂を口にする。実際膣内の肉棒は、再挿入の前よりもひとまわりほどは大きくなっているように感じられた。それに、膣道が火傷しそうなほどに熱くもなっている。

「い、いいよ……出して。遠慮なく……あたしのことなど構わず、中にたくさん注ぎこんで！　イク！　あたしも……イクから……だから、静馬の精液……あたしにっ！」

「先輩！　先輩っ！　先輩っ!!」

抽挿の速度が上がる。子宮を押しつぶそうとしているのではないかとさえ思えるほどに、激しく肉槍を突きこんでくる。

「はふぅう！　あっあっあっあっあっ！」

快感が増幅しつづける。さすがに我慢できず、自分からも強く静馬に腰を押しつけた。

「くぅうっ!!」

瞬間、静馬が呻き、射精を開始する。

肉棒を脈動させるとともに、すでに何度も射精したあととは思えないほど多量の白濁液を、ふたたび玲音の蜜壺へと注ぎこんできた。

「んっは……はふぁああ！　あっあっ……んんんんっ!!」

熱汁がまたしても染みこんでくる。子宮が満たされ、膣道まで精液まみれにされるのがわかった。

「熱い……い、イクっ！　あっあっ……はぁあああああっ!!」

肉悦に抗うことができない。流されるがまま絶頂に至る。

背筋を反らし、顔を上げ、首筋をさらしながら、愉悦に蕩けた悲鳴を改めて、ふだん家族と過ごしているリビング中に響きわたらせるのだった。

「はっふ……んふぁああ……はぁっはぁっはぁっ……」

やがて、身体中から力が抜けていく。半分意識が飛んでしまうほどの虚脱感に全身が包みこまれた。

（気持ち……いい……）

身も心も満たされるような感覚だ。

しかし、完全に喜びきることができない。

たしかに静馬とのセックスは心地よかった。愛する男に抱かれる幸せを感じることもできた。それでも、物足りなさを覚えてしまう。

自分が腰を振るままに静馬に射精させていたら、どれだけ気持ちがよかっただろうか。きっともっと、これ以上に感じることができたはずだ――などという思考を、どうしても持ってしまう。

「はぁはぁはぁ……すごくよかったよ、静馬。静馬も……気持ちよかった？」

そうした思考は押し隠し、静馬に尋ねる。

「その……はい、すごくよかったです」

問いかけに対し、静馬が微笑んでくれた。

そのことにホッとしつつ――。

「それはよかった。でもね、夜は始まったばかりだよ。もっともっと、今日はとことん感じさせてあげるからね」

静馬に対して、妖艶な笑みを浮かべてみせた。

そしてそのあとも、とことん感じさせるという言葉どおり、何度となく静馬と身体を重ねた。

リビングやキッチン、それに——。

「身体を洗ってあげる」

風呂場でも。

自分の身体を泡まみれにして、静馬の身体を擦ってやった。太股で勃起したペニスを挟みこみ、何度も上下にしごいてやった。

そのうえで、湯船の中で、後背立位の体勢で繋がり合う。湯船が波立つほどの勢いで、静馬に突いてもらって「あっあっ……あぁあああっ」と愉悦の嬌声を奏でた。

もちろんそのあとは、自分の部屋でもセックスをした。ベッドが軋むくらいに、繰り返し膣奥を突いてもらい、喘ぎに喘いだ。

そうしたセックスでいったい何度達したかわからない。それほどの快感を静馬には刻みこんでもらった。

けれど、それでもなお、物足りなさを感じてしまう。何度達しても、まだ足りないと思ってしまうのだ。

そんなことを考えながら、静馬を見る。

さすがに疲れたのか、すでに眠りについていた。玲音の隣で寝息を響かせている。

その顔はやはりかわいらしい。一歳違いとは思えないほどに、幼さを感じさせる顔だ。思わず手を伸ばし、指で頬を突いたりもしてしまう。それでも、静馬は目を覚まさない。

そこまで確認したところで、玲音は一度身を起こすと「ごめん」とひとこと謝罪して、枕もとに置かれた静馬のスマホを手に取った。

今日、静馬を家に呼んだのは、ただセックスをするためだけではない。こうして静馬のスマホを確認するというのも目的のひとつだった。

なぜそんなことをするのか。

理由は単純だ。静馬の心が自分以外に向いているような気がしたからである。

誰か自分以外に好きな人間がいるのではないか。それはもしかしたら、教師の二階堂夏奏なのではないか。そんな疑念を、玲音は抱いていた。

それほどまでに、最近の静馬と夏奏の距離は近かった。担任と生徒。顧問と部活メンバーという関係だけとは思えない。

静馬が夏奏を見る目には、明らかに熱がこもっていた。

(ううん……静馬だけじゃない。二階堂先生だって……)

意味深な視線を静馬へと向けている。

最初は気のせいかと思った。だが、ふたりの様子を観察すればするほど、疑念は深まっていった。

だから、確認しなければならない。

スマホのディスプレイを表示する。とうぜん、ロック画面だ。隣で眠る静馬の手を取ると、指紋センサーに置いた。すぐにロックは解除される。

スマホの壁紙が映る。表示されているのは夏奏――ということはなかった。画像は猫だ。かわいらしい写真に少しだけほっこりする。ただ、同時に自分の画像ではなかったことにがっかりもしてしまった。

とはいえ、落ちこんでばかりはいられない。静馬が目覚める可能性だってあるのだから、確認は手早くすませるべきだろう。

そう思い、まずはＬＩＮＥを開いた。

とたんに、玲音は思わず目を見開いてしまう。

静馬が知らない女性――名前は柊木桜というらしい――とメッセージのやりとりをしていたからだ。

「……嘘だ」

思わず呟いてしまう。

夏奏とだったらありうるかもしれない――そう考えていたけれど、まさかそれ以外の女性とやりとりをしているだなんて考えてもいなかった。

「なんで？」

まじまじと静馬を見る。

もちろん、寝ている静馬からの返事はない。

なんだか息が詰まるような感覚を抱きつつ、柊木桜とのやりとりを開く。

「――なに、これ？」

それを見たとたん、思わず声を漏らしてしまった。

てっきり柊木桜とデートのやりとりをしているのかと思ったのだけれど、実際のメッセージ内容はそんな予想とはまるで違うものだった。

――次の休み、十二日に亮さんを駅前に誘おうと思ってる。

――時間はいつ頃でしょうか？　それくらいに僕も、夏奏さんを駅前に連れていこうと思っています。

(十二日？)

ふと考える。

そこで思い出した。

静馬や夏奏、それに映研メンバーたちと映画を観に行った日である。

（あの日、この柊木桜って人も駅前に来てた……亮って人を連れて……でも、亮って誰……先生となにか関係があるのか。いったい、これはどういう待ち合わせ？）

あの日、玲音は終始静馬といっしょにいた。柊木桜という女と接触している暇などなかったはずだ。もちろん、亮という男ともである。それは夏奏も同じだ。夏奏もみんなと別行動を取ったりはしていない。

「静馬……どういうことなの？」

寝ている静馬に呟く。

もちろん、答えはない。

となると、手がかりはスマホしかない。

いったんＬＩＮＥを閉じ、なにか手がかりはないか調べてみる。

「ん？　Ｔｗｉｔｔｅｒ？」

そこでＳＮＳアプリに気づいた。

「でも、たしか……」

玲音は静馬からＳＮＳはやっていないと聞いている。それなのにどうしてアプリがあるのか。

疑問を抱きつつ、開く。

そして、それを見た。

静馬のツイートがずらっと並んでいる。

その内容は日記のようだ。

誰かに見せるというわけではない。

ただ、自分の思いを書いているだけと言うべきだろうか。

だが、それだけでも十分、静馬の考えが理解できた。

「そうか……静馬……」

スマホを起き、恋人の寝顔を見る。

「……苦しんでたんだね」

ポツリッと呟くと、玲音は優しく静馬の頭を撫でた。

「ん？　せん……ぱい？」

静馬が目を開ける。

「ああ、ごめん。起こしちゃったね。なんでもない。また寝ていいから」

ぼんやりとした静馬に微笑む。

静馬は一瞬不可思議そうな表情を浮かべたものの、よほど眠かったのか、瞳を閉じ、すぐに眠りについた。

そんな恋人の寝顔を見つめながら、玲音はなにかを決意するように一度大きく息を吸った。

それから数日後、玲音は夏奏の部屋のインターホンを鳴らすのだった……。

第七章　そして僕は犯される

1

「ここ……かな？」

　スマホのマップアプリと、目の前のマンションを見くらべる。場所は間違いない。

（でも、先輩はどうしてここに僕を……というか、ここってなんなんだろう？）

　玲音からこのマンションに来てくれと言われたので来たのはいいのだけれど、呼び出しの理由はさっぱりわからない。第一、誰の持ち物なのだろうか。玲音は静馬と同じ学生だ。マンションを借りられるような身分ではない――という疑問を抱きつつも、ためらうことなくエントランスに入っていった。玲音からの招待なのだから、足踏みする必要などない。恋人のことは誰よりも信頼している。
だからこそ、玲音を裏切っているという罪悪感も大きなものとなってしまっている
のだが……。
（部屋番号は５０２か……五階ってことだよね）
エレベーターに乗りこみ、ボタンを押す。上へと上がり、指定された部屋の前に立
った。
表札はある。しかし、名前は書かれていない。
さすがに緊張する。少しだけれど、怖さも感じた。
それでもインターホンを押す。ピンポーンという聞きなれた音色が響いた。だが、
返事はない。室内で誰かが動いているという気配も感じられなかった。
（間違ってたかな？）
ＬＩＮＥを開いて、玲音からのメッセージを確認する。
指定された部屋だ。時間だって間違いない。
しかし、だとするとなぜ誰も出てこないのだろう。玲音は室内にいないのだろうか。
疑問を抱きつつ、なんとなくドアノブに手をかけてみた。
まわすと、キイッと軋んだ音を立てつつ、ドアが開いた。鍵はかかっていない。

ドアの隙間から中をのぞいてみる。見えるのは廊下だ。その奥にたぶんリビングがある。ただ、部屋の仕切りにはドアがあるので、リビングらしき部屋の内部を確認することはできない。

しかし、ドア越しでも電気がついていることはわかった。誰かがいることは間違いないだろう。

「えっと……静馬です」

取りあえず、声をかけてみる。

けれど、返事はない。やはり誰かが動く気配もない。電気をつけたまま留守にしているのだろうかとも考える。

(いや、だったら部屋の鍵をしてないのはおかしい。それに、約束の時間だし……って考えると、もしかして寝ちゃってるのかな?)

玲音は陸上部活動にいつも全力で挑んでいる人間だ。そのせいで、部活以外のときは疲れていることが多い。結果、すぐに寝てしまうという癖がある。そう考えれば電気がついていることにも納得できる。

(鍵をしてなかったことは……あとで注意をしなくちゃ)

ここは田舎ではない。万が一ということだってある——などということを考えながら「えっと、先輩……お邪魔します」と玄関に足を踏み入れた。

靴を脱ぎ、室内に上がる。そのまま、まっすぐリビングの戸へと向かった。ドアへと手をかけ、開けようとする。

刹那、唐突に背後に誰かが立った。

「えっ!?」

いきなり気配が出現したことに驚き、反射的に振り返ろうとする。

が、それよりも早く、口もとにハンカチが押し当てられた。

「あ……これって……うっく……」

とたんに強烈な眠気がひろがり、あっという間に静馬は意識を失ってしまった。


それからどれだけの時間がすぎただろうか。

「う……ううう……えっ、あ、あれ?」

ゆっくりと、静馬は目を覚ます。

視界に見なれない天井が映りこんだ。

(えっと、僕……どうしたんだ?)

頭がボーッとしている。なんで自分がここにいるのかが一瞬理解できなかった。けれど、すぐになにかを嗅がされて眠らされたことを思い出す。

（でも、誰がなんのために……というか、ここは？）

とにかく現状を確認する必要があるだろうと考え、身を起こそうとした。しかし、起きられない。

「え、あ……これ……手錠っ⁉」

両手足がベッドに拘束されていた。ベッドの上に、大の字に寝かされている。

「くっ！　こ、このっ！　このっ‼」

意味がわからない。しかし、恐怖感はふくれあがる。

慌ててもがいた。なんとか拘束を振りほどけないかと暴れてみる。しかし、手錠は硬い。人の力で引きちぎれるようなものではなかった。手首や足首に硬い部分が当たり、ただ痛みだけを感じることとなってしまう。

「あんまり暴れないで。つらいだけだよ。あまり静馬が痛がるようなところは見たくないからね」

声がかけられたのは、そんなタイミングのことだった。

女性の声だけれど、少し低音のハスキーボイス――静馬にとっては聞きなれた声である。顔を向けると、そこには玲音が立っていた。

「先輩……これ、どういうことですか？」

部屋のカーテンは閉められており、照明も消えている。そのため、玲音がどんな表情を浮かべているのかはわからない。

「……静馬の願いを叶えてあげようと思ったんだ」

問いかけに対し、あっさりと答える。

「僕の……願い？」

意味がわからず、首を傾げる。

すると、玲音はポケットからスマホを取り出した。ふだん玲音が使っているものではない。見なれた静馬のスマホだ。

玲音は指紋センサーに自分の指を押しつける。ロックは簡単に解除された。

「どうして？」

「ごめんね。静馬には内緒で、あたしの指紋を登録しておいたんだ」

たんたんと答えつつ、手なれた感じで静馬のスマホを操作すると、迷うことなくSNSアプリを起動した。

「それは……」

「これが……静馬の願いなんでしょ？」

画面を突きつけられる。

そこには、静馬による計画が記されていた。

――僕は決めた。先生に犯してもらうって。そうする以外、僕の欲求はぜったいに解消されることはないってわかってしまったから。だから、そのために、僕は夏奏さんに、ひどいことをする。ごめんなさい。

――でも、それは、夏奏さんの旦那さんが夏奏さんを裏切った場合だ。もし、裏切らなかったら。夏奏さんだけを旦那さんが大切にするのなら、諦める。

――裏切らせる方法は、桜さんに旦那さんを誘惑してもらう。それに旦那さんが引っかかるか引っかからないかですべては決まる。どうなる？

――旦那さんが引っかかった。旦那さんは夏奏さんを裏切ったんだ。だったら、僕はもう止まらない。夏奏さんに犯してもらうんだ。そのために、僕に対する執着心を夏奏さんに持ってもらう。夏奏さんにはつらいだろう現実だって突きつけてやるんだ。そして完全に僕を夏奏さんのものにしてもらう。

誰に対してというものではない。本当に自分のためのメモが、スレッドとなって並んでいた。

「静馬は犯されたかったんだね。めちゃくちゃにされたかったんだね」

たんたんと、玲音が語りかけてくる。

「それは……その……」

なんと答えるべきかがよくわからない。

「隠す必要なんかないい。だってもう、あたしは知っちゃってるから。ううん、あたしだけじゃない」

「――私もね」

玲音の言葉を引き継いだのは、夏奏だった。

室内に夏奏が入ってくる。

「え……先生？」

「私が先生に教えてあげたの、静馬がどんな思いをしていたのかってことを。先生になにをしていたのかってことを」

いつもと同じスーツ姿だ。

「亮さんが浮気をしたのは、伊達君……いえ、静馬君、キミのせいだったのね？」

やはり室内が暗いせいで、夏奏の表情も確認することはできない。ただ、その口調は、ふだん教師としてみなに授業をしているときよりも、さらにたんたんとして、どこか冷たさを感じさせるものだった。

「それは……その……あの……」

たしかにそのとおりなのだけれど、頷くことなどできない。

ただただうろたえ、視線を落ち着きなく泳がせる。

「本当に……ひどいことをしてくれたわね」

口調は静かなままで変わらない。けれど、ナイフのように鋭くて、グサッと静馬の胸に突き刺さる。自分の罪を突きつけられるような言葉に、息まで詰まってしまった。

「だから……私は静馬君を許せない。ぜったいにね」

「あ……す、すみません」

こうなった以上、謝罪するほかない。

「謝れば許されると思っているの？」

夏奏が近づいてくる。

「それは……でも、そうするしか……」

「……キミには、自分の罪を思い知ってもらうから」

呼吸が鼻先に届くほど近くにまで、夏奏の顔が寄せられた。

それにより、夏奏の表情がわかる。

彼女が浮かべていたものは――満面の笑みだった。

「――え？」

静馬の頭は真っ白になる。

そうしたこちらの反応に、夏奏はよりうれしそうな表情を浮かべたかと思うと、静馬が身に着けていた服に手をかけ、容赦なく破り捨てた。上着、ズボン、下着――すべて剝ぎ取られてしまう。簡単に全裸をさらすこととなってしまった。とうぜん、ペニスだって剝き出しになる。

露になった肉棒は、ガチガチに勃起していた。

「まだなにもしてないのに、こんなに大きくなってる。特に興奮するような状況でもないのに、こんなにするなんて……」

夏奏は笑みを消すと、どこまでも冷たい視線をペニスへと向ける。

「え……あ、その……これは違くて……」

「なにが違うの。こうされることを期待してたんじゃないの？」

否定を嘲笑《あざわら》うような表情を浮かべるとともに、夏奏は勃起した肉棒に手を添えた。

そのまま指で、ゆっくりと竿を撫でる。

「あっ！　ふあっ！　ああぁっ!!」

ゾクッと震えるような刺激が走り、思わず腰を浮かせてしまう。

「女の子みたいな情けない声ね。これがそんなによかったの。こんなふうにされるのが……いいの？」

一回撫でるだけでは終わらない。熱に浮かされたような色に瞳を染めつつ、さらに肉棒を指で撫でさすってくる。いや、指だけではない。手のひらでも擦りあげたうえで、ギュッと握りしめる。

「くひぃっ!!」

握られたのはペニスだけでしかないけれど、全身を抱きしめられたかのような感覚が走った。それだけで、肉先からは半透明の汁まで溢れ出てしまう。

「握られただけでこんなに汁を出すくらい感じるなんて、静馬君……キミって本当に最低な変態なのね」

「それは……そんなことは……」

「否定したって無駄。このおち×ちん——ち×ぽがキミの変態性を証明してる。ほら、いいんでしょ。こうやってシコシコされるのが気持ちいいんでしょ？」

肉先から溢れ出す先走り汁で指や手が濡れてしまうことも厭わず、夏奏は肉棒をしごきはじめた。手の動きに合わせて、グッチュグッチュグッチュと淫猥な水音が響くほどの勢いである。

「ダッメ！　先生……夏奏さん!!　ダメです！　こんな、こんなの……僕、すぐに、はぁああ！　すぐに出ちゃいますぅっ!!」

ずっとずっと夢見てきた行為だった。このために玲音を裏切り、夏奏につらい思いをさせてきた——それが叶っている。

ふだん以上に強烈な昂りがふくれあがってきた。数度擦られただけでしかないというのに、根元から肉先に向かって熱いものがこみあげてくる。強烈な射精衝動だ。抗うことなどできそうにない。

「あっあっあっあっあっ!!」

少女のような喘ぎ声を漏らしつつ、ただ腰を浮かせるだけではなく、背筋まで反らした。わきあがってくる快感に身を任せようとする。

「ダメよ」

しかし、射精することはできなかった。

あと少しで出るというところで、夏奏が手コキを止めたからだ。

「あ……ど、どうして……？」

泣き出しそうな目で、縋るように見つめながら問う。しかし、夏奏はいっさい答えてくれない。しばらくはただ、肉棒を握りつづけるだけだった。いったいなにを考えているのだろうか——と、静馬が疑問を持ったところで、ふたたび夏奏は手を動かしはじめた。

「はひっ！　あっ！　また……うぁああ!!」

先ほどまでより強くペニスが握りこまれる。根元から先端までを擦りあげる手の動きも激しい。

「すっごい！　すごすぎますっ!!　あっあっあっ！　こんなの……今度こそ……くひぃっ!!　今度こそ出る！　出、ちゃいますぅ!!」

数度の刺激だけで、ふたたび射精欲求がわきあがってきた。抗いがたい快感に、肉棒をパンパンにふくれあがらせる。流れこんでくる愉悦に身を任せ、我慢することなく精液を撃ち放とうとした。

「ダメ」

けれど、また止められてしまう。しかも、今度は手コキを止めるだけではなく、手まで放されてしまった。

「な……どうしてですかぁっ!?」

なんで止めるのか。なぜ続けてくれないのか。泣き出しそうな表情を夏奏へと向ける。が、やはり答えは返ってこない。夏奏はどこか薄笑いを浮かべながら、ジッとぺニスを見つめている。

「こんなの……我慢できません‼」

そんな夏奏に見せつけるように、ヘコヘコと腰を振る。じつに無様な姿だ。我ながら本当に情けないと思う。それでも、手足を拘束された状況でできることなど、これくらいしかない。

「そんなに射精したいの？」

「し、したい……したいですっ‼」

「そっか……それなら……」

懇願に対し夏奏は笑顔を浮かべると、今度は手ではなく顔を肉棒へと寄せ、

「んもっ」

と、肉棒を咥えてきた。

「あああ！　す、すごいっ‼」

生ぬるい口腔にペニスが包みこまれる。まるで肉棒だけ風呂にでも入っているかのような感覚が心地よい。下半身が愉悦で蕩けそうになる。咥えられただけでも、射精してしまいそうだ。

そうした性感をあと押しするように、夏奏は顔を動かしはじめる。口腔全体でジュ

ボジュボと肉棒をしごいた。

「ふっじゅるる！　んじゅるるるるるぅ」

頬を窄めて吸いたてている。ふだん、きまじめな態度で教師をしている夏奏からは想像もできないほどに下品な姿だ。本能のままに行動するケダモノのような姿に見える。それは静馬がずっとずっと見たかったものだった。求めていたものだった。

「こんなの……僕っ‼」

我慢なんかできるわけがない。手で擦られていたとき以上に熱い衝動がわきあがってくる。流されるがままに、今度こそ精液を撃ち放とうとする。

「だから、ダメよ」

しかし、またしても快感は止まってしまった。夏奏の口からペニスが引き抜かれてしまう。

「なんでぇええぇ⁉」

「なんでって、これはキミへの罰なんだからとうぜんでしょ。簡単に射精なんかさせてあげないんだから」

「そんな……そんなぁ！　こんなの……耐えられませんっ‼」

射精したい。射精したい。射精したい――それしか考えられない。頭がおかしくなりそうだ。

「キミが耐えられるかどうかなんて知らない。それより……」

冷たい言葉を口にするとともに、夏奏は静馬から視線をはずすと、背後に立つ玲音へと視線を向けた。

「迫水さんも静馬君の被害者よね？」

「え……あ、それはその……」

唐突に話を振られたことに、玲音は戸惑いの表情を浮かべつつ、

「まぁ、そう言われればそうかも」

と頷いた。

「そうよね。そうなら……迫水さんも私といっしょに静馬君を罰してあげましょう」

夏奏が誘う。

それを受けた玲音は一瞬黙りこんだあと、ペロッと自分の唇を舐めた。そのうえで、まるで獲物を狙う獣のような視線を静馬へと向けてきた。発情した一匹の牝にしか見えない。つき合いは長いけれど、こんな顔の玲音を見るのは初めてのことだ。

そんな玲音の姿に興奮を覚えてしまう。亀頭がふくらんでしまった。

「でも、だけど……」

だが、玲音はためらうようなそぶりを見せる。

夏奏はそんな玲音をまっすぐ見つめた。

「私にはわかるわ。あなたがどんな感情を抱えているか。あなたは……私と同じなんでしょう。そうよね？」

(同じって……それってつまり……)

静馬も察する。

とたんに、ドクンッと胸が鳴った。興奮がより大きくなってしまう。期待するような視線を玲音へと向けてしまった。

「……はい、あたしも……します」

期待に応えるように、玲音は頷く。先ほどまで以上に興奮を感じさせる視線を向けてきた。そのうえで、夏奏と並ぶようにして静馬の股間部へと顔を寄せてきた。

女教師と恋人——吐息が届きそうなほど近くまでペニスにふたりが顔を寄せている。この状況だけでも肉棒が爆発してしまいそうなくらいに昂ってしまった。ここからなにをしてくれるのかと考えるだけで、心臓がバクバクと高鳴ってくる。

そんな静馬をふたりは同時にジッと見つめてきたうえで——。

「ふっちゅ、んちゅっ！　ふちゅう」

「ちゅっちゅっ……んちゅぅう」

唇を亀頭に、肉茎に、押しつけてきた。

「うあっ！　くぁああ」

しっとりとした夏奏の唇と、温かな玲音の唇——ふたつの感触が肉棒に伝わってくる。ペニスそのものが刺激を喜ぶように打ち震えた。もちろんキスだけでは終わらない。ふたりは同時に舌を伸ばし、肉棒を舐りはじめる。

(先輩と夏奏さんがふたりで僕のを……こんな、すごすぎるっ!!)

身動きが取れない状態でふたりに責められる——こんな状況、妄想さえしたことがなかった。

「あ、ダメ！　これは……今度こそ、ダメぇえ!!」

これまでとは比較にならないほど強烈な肉悦がふくれあがる。ドクンッと屹立が脈動した。わきあがる劣情のままに、今度こそ精液を撃ち放とうとする。

「だから、まだ許可は出してないわよ」

けれど、今度も射精することはできなかった。

ただ、今回は愛撫を止められた結果だからではない。夏奏がどこからか取り出したヒモで肉棒の根元を締めつけてきた結果だった。尿道が圧迫され、締めつけられてしまったせいで、わきあがってきた精液が堰《せ》き止められている。

「うあぁあぁ！　こんな、こんなのってぇ!!　ダメです！　これはダメですぅ!!　おかしくなる！　こんなの僕、狂っちゃいますからぁ!!　はずして！　これ、はずしてくださいぃいぃいぃっ!!」

「ダメよ。ぜったいにはずさないから……んっも……もふぅ」

心の底から訴えても、夏奏は聞き入れてなどくれない。これまでのきまじめな姿からは想像もできないほど嗜虐的な表情を浮かべると、改めて肉先を咥えこんできた。亀頭を口唇で包みこみ、ふたたび吸いあげてくる。それだけで舐められたとき以上の性感が流れこんできた。視界がチカチカと何度も明滅するくらいの快感が全身を駆けめぐる。頭がおかしくなりそうなほどに気持ちいい。

しかし、ヒモのせいでやはり射精することはできない。

気持ちはいいけれど、耐えがたいほどにつらくもある。

「せ、先輩……助けて……」

もはや夏奏にはどんな言葉も通じそうにない。だから、今度は玲音に救いを求めるのだけれど――。

「……ダメよ。静馬はあたしにだってひどいことをしていたんだからね。だから、許さない。はむっ！　んっちゅ、ふっちゅ……ちゅるるるるるぅ」

　玲音にも届かない。

　静馬の懇願を無視して、竿部分を口唇で挟みこみ、吸いたてた。同時に手で陰嚢《いんのう》を転がすように刺激を加えてくる。

「はひぃい！　すごすぎる!!　こんな、すごすぎますっ!!　僕……本当におかしくなる！　おかしくなっちゃいますぅ!!　助けて……謝る！　謝りますから、助けてください!!　ごめんなさい！　ごめんなさいぃいいっ!!」

　もはや謝罪くらいしかできることはない。あまりのつらさにボロボロと涙さえ流しながら、繰り返し謝る。

「本当につらそうね。でも、その程度の謝罪じゃ、ぜんぜん足りないわ。キミは私に……私たちにそれくらいひどいことをしたの。だから……」

　謝罪に対して、夏奏はいったん口淫を停止したかと思うと、身に着けていた衣服を脱ぎ捨てた。生まれたままの姿を夏奏がさらす。

（すごい……）

　ずっと夢にまで見てきた裸体がそこにあった。

　これまで見てきたどんな女性よりも、夏奏の胸は大きく見える。それでいて垂れることなく、ツンと上向いているようで、興奮が刺激された。腰まわりも胸に負けず劣らず大きくて、張りがある。太股もムチムチだ。ただ、それでいて腰まわりはキュッと引きしまっている。グラビアモデルみたいな体型だ。

そんな夏奏の陰毛に隠された股間部は、ぱっくりと左右に開いていた。この状況に興奮しているらしく、のぞき見える陰唇の表面はグチョグチョに濡れている。太股を垂れ流れ落ちるほどに、愛液量は多量だ。

汁に塗れたヒダヒダの一枚一枚が蠢いている有様は、見ているだけで息が詰まりそうになるくらい淫靡である。

そうした淫らな姿をためらいなく曝け出しつつ、夏奏は静馬へと跨がってきた。肉竿に手を添え、先端部の位置を調整する。

すると、夏奏がしようとしていることを察したのか、玲音が肉棒から唇を放した。

「キミは自分を私のものにしてほしかったのよね。それがどれほどつらいことかをたっぷり教えてあげる。後悔させてあげるわ」

腰が落とされる。クチュッと肉先に膣口が触れた。

「あっ！　くひぃいいいっ!!」

肉襞が亀頭を吸っている。ただでさえ射精していてもおかしくないほどに昂ってしまっている肉棒には、強すぎる性感だった。軽くだけれど、意識さえ飛びそうになってしまう。

「んんんっ」

とうぜんのように激しくビクついたペニスに合わせて、夏奏も肢体を震わせた。心地よさそうな吐息を漏らしつつ、ジュワアアッと多量の愛液を分泌させる。

「さぁ、行くわよ」

そのままいっさい躊躇することなく、夏奏は沙汰に腰を落としてきた。

「ふあっ！　あああ！　入る!!　入ってくぅ」

「んっは……はふぁあああ」

一気に根元まで蜜壺によってペニスが呑みこまれた。

「はぁああ……入った。キミのち×ぽが私の中に……これ、すっごくビクついてる。ち×ぽの震えが伝わってきてるわ。出したいって、射精したいって、ち×ぽが言ってるみたい。ねぇ、出したいの？」

限界まで昂っている肉棒が膣壁で締めつけられる。襞で搾られる。発狂しそうなくらいの快感が刻みこまれた。

だが、それでも射精はできない。根元の締めつけは解かれていないからだ。

「だ、出したい！　出したいですぅ!!」

夏奏の問いを否定などできない。心から射精を求める。

「そっか。まぁ、それはそうよね。こんなのつらいものね」

「はい……つらい。すごくつらいですぅ」

「……でも、ダメよ。これは、キミへの断罪なんだから。だから、射精なんかさせてあげない」

どれだけ必死に求めても、夏奏は許してはくれない。どこまでも楽しそうな表情を浮かべつつ、腰を振りはじめた。快感のうえに快感を刻むように、まるで女を犯す男のような勢いで腰を振りたくってくる。根元から肉先までが襞で擦られ、ギュッギュッギュッと何度もリズミカルに締めつけられた。亀頭に繰り返し子宮口がキスをしてくる。パンパンパンッと腰と腰がぶつかり合う音色が響きわたった。

「ほら、どう。これでしょ。キミは……こういうことをされたかったんでしょ。ほらっほらっ、ほらぁあっ!!」

ふだんの教師然とした姿は完全に消え去っていた。夏奏は完全に一匹の獣と化している。それは静馬がずっと夢見てきた姿だった。

（ずっと……僕はずっと……こうしてほしかった。すごい！　すごい！　すごい!!）

夢が叶えられている。これほど素晴らしいことはない。

とうぜん、昂りや快感が積みあがっていった。

けれど、射精はできない。どれだけ昂っても精液を撃ち放てない。

「無理！　こ、れ……以上……我慢なんてぜったい、む、り……ですぅ!!　夏奏さん、出したい。出したいです！　射精させてくださいっ!!」

涙さえ流しながら懇願する。

「ダメよ。私が最高に気持ちよくなるまではぜったいダメ。いえ、私だけではないわ。迫水さんのことも感じさせるの。ね、迫水さんもそうしてほしいわよね？」

夏奏は腰を振りつづけつつ、玲音に対して流し目を向けた。

対する玲音は一度ゴクリッと息を呑んだかと思うと、玲音も衣服を脱ぎ捨て、全裸をさらした。ギシッとベッドに上がる。そのまま静馬の顔の上に跨がってきた。

上から静馬を見下ろしてきた。

その頬はこれまで見たことがないほどに上気している。目も、夏奏と同じく獣のように血走っている。全力疾走したあとみたいに息も荒い。玲音も夏奏と同じように、発情した牝と化している。

そんな玲音の秘部が視界に映りこむ。

毛が生えていない陰部は、先ほど見た夏奏と同じく、淫らに花開いていた。肉花弁は女蜜に塗れている。膣口が呼吸するように何度も開いたり閉じたりしていた。

「静馬……あたしはずっと我慢してきた。この感情を知られたら、静馬に嫌われるんじゃないかってずっと……なのに、静馬はあたしを裏切って、こんな変態的な計画を立てていた。ぜったい許さない。だから……あたしも感じさせて。気持ちよくして。ほら……」

言葉とともに、玲音がしゃがみこむ。グジュッと顔が玲音の陰部でつぶされた。愛液で湿った生ぬるい秘部の感触が、直接顔に伝わってくる。

「静馬！　静馬ぁっ！」

しかも、膣を顔に押しつけてくるだけで玲音の行動は終わらなかった。興奮したように静馬の名を口にしつつ、腰を振りはじめる。顔面を犯すような勢いで、グッチュグッチュと秘部を繰り返し擦りつけてきた。

「あっぷ！　うぶぅっ‼」

顔面まで犯されているような気分になる。とうぜん口や鼻が塞がれ、息が詰まった。

「くっる、しぃ！　先輩……あぶぅ！　苦しいです‼　ちょっと、とまっ、止まって……くだ、さ……いぃいいいっ‼」

息苦しくて、行為の中断を求める。

だが、玲音にも懇願は届かない。

「あっあっあっ！　はぁあ！　これ、これだ！　あたし……んんん！　あ、たし、こうしたかった……こうしたかったんだ!!　ずっと、ずっとぉ!!」

うれしそうな表情で、どんどん腰の動きを激しいものに変えてきた。静馬の苦しみに対する斟酌などない。静馬を使ってオナニーしているようにしか見えない。

「迫水さん、気持ちよさそうね。私……私ももっと！　もっと!!　はぁああ……これ、これっ！　これよ、これなのよぉおっ!!」

玲音に当てられたように、夏奏のグラインドも大きさや激しさを増してくる。肉棒を引き抜こうとしているのではないかというほどの勢いだ。

「くぁああ！　もう、無理っ!!　僕……無理です！　あっぷ！　むぷぅ！　しにゅ！　頭……おかしくなって、し、ん……じゃい……ぶふぅうう！　ま、すぅっ!!」

苦しさだけではない。気持ちよすぎて死を感じる。

「もう、我慢……無理ですぅっ!!　お願い……射精……おにぇがひ、し、まじゅぅ」

この苦しさを解消するには射精しかない。心から何度も願う。

「はふぅうう！　い、いいわ。もう、私も……あっあっあっ！　わ、たしもイクっ!!

イクわっ！　こんなの……んふぅうう！　我慢できないもの!!　迫水さんもでしょ」

「は、い……イクッ!!　あたしも……もうっ！　ま×こ……イクッ！　抑えることなんかでき……ないっ!!」

「そうよね……だから、んふぅうう！　キミも……静馬君もイカせてあげる!!　射精しなさい！　射精して、私たちをイカせるのよ！　さぁ、さぁっ!!」

本能のままに、夏奏はペニスを締めつけるヒモに手をかけたかと思うと、それを引っ張り、解《ほど》いた。

「うっく！　ふぁあああああっ!!」

これまで精液を妨げていたものがなくなる。圧迫感から解放される。堰き止められていたものが、一気に肉先に向かってふくれあがっていった。

「はぁああ！　で、ますぅうう!!」

視界が快感で真っ白に染まる。快感が爆発し、亀頭から白濁液が溢れ出した。夏奏の子宮に向かってこれまで出したこともないほど多量の精液をドクドクと流しこむ。

「はふぅうう！　来たっ！　出てる！　熱いのが……ひろがるっ!!　はぁああ……これ、これよ！　これぇええ！　イクっ！　わた、しもイクっ!!　イクイク――イックの！　イッちゃ……う、のぉおお！　あっあっあっあっ――んぁあああっ!!」

射精にシンクロするように、夏奏も絶頂に至る。

より多量の精液を搾り出そうとするようにペニスを締めつけながら、全身を快感にわななかせ、部屋中に快楽の悲鳴を響かせた。

「あた、しも……イクッ！　んっは……イック!!　イックぅ！　あああ……いい！いひぃいいっ!!」

同時に玲音も達した。

静馬の顔を押しつぶしそうなくらいの腰を落とし、顔面を圧迫しながら、背筋を反らして肢体をビクつかせる。顔面に押しつけられた秘部からは、ブシュウウッと愛液が飛び散り、これまで以上に静馬の顔はグショグショに濡らされてしまった。

「あああ……ふはぁああ……あああ、よかった。すごく、気持ち……よかったぁ」

うっとりと、満足げに玲音が呟く。

「そうね……んふぅう……本当によかった。私も……すっごく……感じることが……でき、たわ……はぁっはぁっはぁっ……」

全身を汗で濡らす夏奏も、満たされたような表情を浮かべている。

「でもね……」

しかし、すぐに夏奏はその表情を消すと、ふたたび牝の顔を浮かべた。

「まだ足りない。この程度で満足なんかできない。迫水さんも同じよね？」

ジッと玲音を見つめる。

「はい……あたしも足りない。あたしだって……中に、欲しい」

すると、玲音の表情も夏奏と同じようなものに変わった。

ふたりの秘部から同時にジュワッと愛液が溢れ出し、ヒダヒダがねっとりと蠢く。

「まだって……僕は……これ以上は……」

まだ一回射精しただけでしかない。しかし、これまでしてきたどんなセックスよりも、精気を絞り取られてしまっていた。

「キミの返事は聞いてない」

「そうだよ、静馬。あたしたちは、あたしたちが、したいようにするだけなんだからね」

ふたりの冷たい視線が向けられた。

そう、本当に冷ややかな目だ。

けれど、その奥には、ひとめ見てわかるくらいに、ギラギラした情欲が輝いている。

「今度は、あたしは……」

本能のままに、二匹の獣が動き出す。

夏奏が膣から肉棒を引き抜いたかと思ったら、今度は玲音が跨がってきた。

「無理だと言ったくせに、ち×ぽはガチガチだね」

限界以上に射精させられたのは間違いない。これ以上できないと思ったのも事実だ。だというのに、肉棒はこれまでにないほど勃起してしまっている。ふたりが向けてくる獣の視線に、身体はどうしようもないくらいに歓喜してしまっていた。

「さぁ、行くよっ!!」

腰が落とされる。今度は玲音の蜜壺に、静馬の肉棒は沈みこんでいった。

「アアッ！　いいっ！　これ、これよっ！　こうしたかった！　あたしは……こうやって静馬を犯したかったんだぁ。はっふ、んふぁああぁ!!」

根元までペニスを呑みこむとともに、玲音が歓喜する。その姿は、これまで見てきたどんな彼女のものよりも、幸せそうなものだった。

「キミは最低ね、静馬君……」

喘ぐ玲音を見つめていると、夏奏が耳もとに唇を寄せて囁いた。

「恋人なのに、迫水さんが抱えていた苦しみにぜんぜん気づけていなかった。ただ、自分のことだけを考えてた。自分の欲望を満たすことだけを……本当にキミは最低」

「はぁああ……僕は、最低……」

「そうよ。本当に最低で、最悪。だから……これからは、私たちがずっとキミを管理してあげる。キミにはもう自由に生きる権利はないの。キミは私たちのもの。キミは私たちのオモチャ。それ以上でも以下でもない。キミは……もう、人間ではないの」

夏奏の言葉が重ねられる。

人間ではない。オモチャ。オモチャ──。

「は、はふぁあああっ！　出るっ！　出、ますぅうう!!」

刹那、夏奏の言葉だけで、静馬は射精してしまった。

先ほど尋常でないほど精液を撃ち放ったあととは思えないくらいに多量の白濁液を撃ち放ち、玲音の肉壺へと流しこむ。

「はんん！　出てる！　こっれ、たくさん出てる！　はぁあああ！　イクっ！　あっあっ！　あたし……イック！　イクぅうっ!!　んっは、はふぁあああ」

それだけで、玲音も条件反射みたいに達した。

「も、ホントにこんなの……」

虚脱感が強すぎる。意識を保っていられそうにない。気絶しそうになってしまう。

「はぁあぁ……まだ、まだよ。静馬……まだだからねっ!!」

だが、眠る暇など与えてはもらえなかった。

間髪をいれずに、玲音が腰を振りはじめる。射精を終えたばかりの肉棒が、これまで以上にきつく締めつけられ、改めて屹立全体がしごかれた。

「ちょっ！　はひぃっ！　ダメです！　無理です、先輩っ!!　こんな、続けてなんてぜったいむ、り……ですぅう!!」

「そんなこと、知らない。あたしはあたしがしたいようにする。もう、遠慮なんかしない。我慢なんかしない。犯してやる。静馬をめちゃくちゃにしてやるからねっ!!」

「あああ……ふぁあああああ！」

完全に獣と化した玲音に蹂躙される。

いや、玲音だけではない。夏奏にもだ。

ふたり相手に何度も何度も精液を絞られた。

泣き叫んでも、もう許してくれと懇願しても、届きはしない。拘束を解くこともなく、凌辱をひたすら重ねてくる。生徒に、恋人に対する扱いではない。いや、それどころか、人間に対する扱いですらなかった。ふたりは静馬を性処理道具としか見ていないのかもしれない。

しかし――。

（こんなの死んじゃう。無理。おかしくなる。僕が僕でなくなる。でも、だけど……

これだ……これなんだぁ！）

静馬は歓喜していた。

（ふたりは僕のことしか見てない。でも、僕のことなんかぜんぜん考えてない。僕を犯すことしか見てないんだ。僕は……ふたりのものになってるんだ）

所有物だ。

夏奏と玲音の……。

（ずっとずっと求めてた。こうやって夏奏さんに……ううん、夏奏さんだけじゃない。先輩にも、犯されることを!!　ああ、やっと、やっと夢が……叶ったんだ）

感じつづけていた焦燥感が消えていく。身も心も満たされていく。

（してもらえた。犯してもらえた！　夏奏さんに、先輩に……僕はやっと……心から……犯してもらえたぁ）

僕は彼女に犯されたい――ずっと考えていた夢が今……。

2

（犯してる。私、今……静馬君を、自分の生徒を犯してる。夫以外の男とセックスし

てる）

　許されない。こんなことはぜったいにしてはならないことだ――ということを、夏奏の理性は理解していた。

　しかし、わかっていても止められない。

　いや、止めるつもりなどさらさらなかった。

（もっと犯す。もっともっと……だって、この子は私のものなんだから。だから、なんにも遠慮する必要なんかない。自分のものをめちゃくちゃにすることに許可なんか必要ないんだから……だからっ）

　これまでずっと抱いてきた思い――少年を犯して自分のものにしたいという欲望のままに行動しつづける。

　止まるつもりなどない。

　ただ、犯す。ひたすら犯す。

　犯す犯す犯す犯す犯す……。

「静馬君……」

　静馬に跨がり、腰を振りながら、そっと彼の頬を両手で包みこんだ。

「もう、キミを放さない、ぜったいに」

隠すことなく、思いを告げる。

それに対し、静馬は泣きながら笑った。

そんな姿にゾクゾクとするものを感じながら、さらにピストンを激しいものに変えていく。

(私はキミを犯したい……だから、犯す。これからも……)

何度だって……。

◉新人作品**大募集**◉

マドンナメイト編集部では、意欲あふれる新人作品を常時募集しております。採用された作品は、本人通知のうえ当文庫より出版されることになります。

【応募要項】未発表作品に限る。四〇〇字詰原稿用紙換算で三〇〇枚以上四〇〇枚以内。必ず梗概をお書き添えのうえ、名前・住所・電話番号を明記してお送り下さい。なお、採否にかかわらず原稿は返却いたしません。また、電話でのお問い合せはご遠慮下さい。

【送付先】〒一〇一-八四〇五 東京都千代田区神田三崎町二-一八-一一 マドンナ社編集部 新人作品募集係

僕《ぼく》は彼女《かのじょ》に犯《おか》されたい

二〇二三年 四月 十日 初版発行

著者◉上田ながの【うえだ・ながの】

発行◉マドンナ社
発売◉二見書房
東京都千代田区神田三崎町二-一八-一一
電話 〇三-三五一五-二三一一（代表）
郵便振替 〇〇一七〇-四-二六三九

印刷◉株式会社堀内印刷所 製本◉株式会社村上製本所 落丁・乱丁本はお取替えいたします。定価は、カバーに表示してあります。

ISBN978-4-576-23030-6 ◉Printed in Japan

Madonna Mate